Joux Joux

Zu diesem Buch:

Die Geschichte des alternden Künstlers Thor von Annen, der sich einleitend in den 60er und 70er Jahren als Bonvivant der Künstlerszene im Göttinger Zonenrandgebiet gibt. Stück für Stück werden Rückblicke auf seine Vita gegeben, Gewaltfantasien eingestreut, die mehr und mehr Zweifel erlauben. Schließlich die Implosion seiner späten Ehe mit der Bildhauerin Magdalena von Annen, die mit ihrem tragischen Todesfall endet.

Die Fragezeichen der Vita des Thor von Annen werden in seinen Lebenserinnerungen aufgeklärt. Als Arthur Sennemann alias Roger Luc schildert Thor von Annen zunächst seine frühen Jahre als Künstler bevor er als Nazi par excellence in Frankreich zum Kriegsverbrecher eine unheilvolle Entwicklung nimmt. Abschließend die Aufklärung der Geschichte dreier Vietnamesinnen, die die gesamte Handlung hindurch als Schatten mit dem Leben Thor von Annens verwoben sind und die letztlich sein Schicksal besiegeln.

Karsten Sennemann, geb. 1965 in Hannover, bürgerlicher Lebenslauf, wurde über eine Erbschaft in die Welt der Kunst mit ihren Abgründen verbracht. Die Fantasie nahm dann ihren Lauf.

Joux Joux

Roman von Karsten Sennemann

Bibliografische Information der Deutschen Nationalbibliothek: Die Deutsche Nationalbibliothek verzeichnet diese Publikation in der Deutschen Nationalbibliografie; detaillierte bibliografische Daten sind im Internet über dnb.dnb.de abrufbar.

Herstellung und Verlag: BoD – Books on Demand, Norderstedt

ISBN: 9783752687019

Inhaltsverzeichnis

Kapitel 1

August 1979. Zaun
Da stehen sie wieder am Zaun.

August 1979. Der Empfang: Ouverture
Minister Bruhns gesellte sich neben *Thor* und bat um etwas Aufmerksamkeit. „Lassen Sie mich einige Worte an unseren geschätzten Künstler *Thor von Annen* richten, der in den vergangenen zehn Jahren - ja es sind nun schon 10 Jahre - gemeinsam mit seiner wundervollen Gattin *Magdalena* hier eine Oase der Ästhetik und einen Treffpunkt unserer künstlerischen Avantgarde geschaffen hat. Thor, Sie blicken mit Ihren nunmehr 70 Jahren auf ein weltgewandtes Leben voller Reisen zurück. Impressionen aus diesen Zeiten haben Sie stets in wundervoller Weise in unzählige Werke und Ihr ganzes Schaffen eingebracht. Dass Sie, die Sie die ganze Welt bereisten und Ihre Eindrücke in Aquarellen und Zeichnungen von zeitloser Schönheit verewigten, Ihr Domizil in dieser Gemeinde aufgeschlagen haben, zeigt, dass trotz der erzwungenen Teilung unseres schönen Landes", sein Blick schweifte mit einer Geste in Richtung Grenzzaun,

der am Ende des Dorfes auf der anderen Seite des Wendebachs verlief, „künstlerisches Engagement in stilvollem Ambiente verwirklicht werden kann.

Thor von Annen, Sie blicken auf ein Leben zurück, dass uns aufschauen lässt. Als junger Idealist haben Sie früh die Kunstschulen in München, Dresden und Wien besucht. Mit diesem Handwerkszeug ausgestattet, wurden Sie bereits in den späten 20er Jahren unseres Jahrhunderts ein Meisterschüler von Emile Renard in Paris. Der Impressionismus war seither Ihre Leidenschaft. Kokoschka, den Sie in Dresden persönlich kennenlernen durften, war seit jeher Ihr großes Vorbild. Die Vielseitigkeit Ihres Schaffens wurde auch durch Ihr unbestrittenes Talent zum Schauspiel und durch Ihre Musikalität ergänzt, die Sie auf vielen Bühnen in Europa zu einem universellen Künstler reifen ließ, der gerade in unserer Region doch seinesgleichen sucht. Jahre des Schaffens führten Sie nach Freiburg, wo Sie sich der Landschaftsmalerei gewidmet haben. Werke, wie die *Ansicht auf Kirchhofen* zeugen von dieser Schaffenszeit. Ihr Porträt des Bakteriologen Robert Kirchhoff hängt – nicht ohne Grund – in der Ehrengalerie der schönen Stadt im Breisgau. Ihre Werke sind in Museen der ganzen Welt ausgestellt; erst vor kurzem konnten Sie - nicht zum ersten Male - das Porträt einer Muse nach Japan verkaufen – mit nicht geringem Erlös – denke ich.

Ich möchte mein Glas auf einen Ausnahmekünstler erheben, der sich - auch das gebührt einer Würdigung – gemeinsam mit seiner Frau, der erfolgreichen Bildhauerin *Magdalena von Annen*, in unserer Gemeinde niedergelassen hat, um hier ein Feuerwerk an Schaffenskraft und Phantasie zu verwirklichen. Dies ist besonders wertvoll, weil Sie als von Allen geschätzter Künstler mit Ihrem Engagement auch die soziale Wirklichkeit in Ihr Wirken einfließen lassen, wie wir an Ihrem jüngsten Werk „Flüchtlinge" im Foyer bewundern können. Lieber Thor, ich freue mich, heute an diesem wunderschönen Sommertag das Glas zum Wohle Ihres 70ten Geburtstags zu erheben und einen Toast auf Ihre herausragende Persönlichkeit auszusprechen. Möge Ihre Schaffenskraft noch lange erhalten bleiben und Ihr Atelier und Ihre einzigartige Galerie auch weiterhin zu einem wunderbaren Mittelpunkt unseres Ortes werden lassen.

Um diesen Wunsch Nachdruck zu verleihen, kann ich Ihnen mitteilen, dass wir Ihnen heute ein Stipendium der „Stiftung Hennes Filsinger" verleihen dürfen, das Ihnen eine 4 wöchige Studienreise nach Italien - der Wiege der Kunst - ermöglicht. Dies ist Ausdruck der Bewunderung Ihres einzigartigen Lebenswerks als Künstler, der sich stets auch die Belange der vom Schicksal nicht so begünstigten Menschen einsetzt und auch ihnen einen künstlerischen Platz in unserer Gesellschaft ermöglicht. Die Reise soll – natürlich in Absprache mit Ihrer attraktiven Gemahlin-", er neigte seinen Kopf in Richtung von Magdalena, „- die Sie begleiten wird – bereits in einer Woche beginnen und Sie auf die Insel Sardinien führen, wo Sie die Möglichkeit bekommen, Ihre Eindrücke sozusagen auf Leinwand und Papier zu bringen. Wir - als politische Verantwortliche in unserem schönen Bundesland - - und da schließe ich Herrn Grobe als Bürgermeister mit ein – sind uns vollkommen mit dem Preiskomitee der Hennes-Filsinger-Gesellschaft einig, dass die Kreativreise sozusagen eine Investition in großartige Kunstprojekte sein wird, die unser malerisches Dorf auch weiterhin zu einem Mittelpunkt der künstlerischen Elite werden lässt. Angesichts Ihrer immer guten Gesundheit und ungebrochenen Energie ist dieses Stipendium sozusagen eine Investition in die Zukunft.

Aber lassen Sie mich auch ein paar Worte an Ihre junge Gattin wenden. Frau von Annen, bitte betrachten Sie die Reise, die wir Ihrem Mann schenken, auch als ein Dankeschön an Sie selbst. Es ist einfach umwerfend, wie sehr sie Thor in seinem Schaffen unterstützen und dabei auch selbst noch künstlerisch tätig sind. Mit Ihrem Wirken stehen sie als Vorbild für die moderne Frau, die nicht nur ihrem Liebsten ein wohliges Zuhause schafft, sondern auch selbst im Arbeitsleben aktiv ist und wie ich höre, überaus erfolgreich.

Lieber Thor, liebe Magdalena, liebe Gäste, lassen Sie uns auf Ihr Wohl anstoßen!"

Der Minister erhob sein Glas und strahlte die Festgesellschaft an. Applaus brandete auf. Thor, der während der Rede einige Meter neben dem Minister stand, erhob galant sein Glas und dankte dem Minister für die Würdigung.

„Lieber Herr Minister und liebe Gäste, ich fühle mich geehrt und möchte die Verleihung des Reisestipendiums gern annehmen und freue mich, mit meiner Gattin diese Reise anzutreten. Magdalena und ich haben uns sogar einst in der Toscana kennengelernt. Seitdem haben wir mehrere Reisen in dieses wundervolle Land mit seinen stolzen Menschen unternommen. In freue mich, dass ich mich damit demütig in die Tradition der unerreichten *Artistas* des mediterranen Raumes –denken wir nur an Michelangelo – stellen darf. Ich werde mich dem würdig erweisen. Wie Sie alle wissen, bewundere ich dieses großartige europäische Land - dessen Sprache ich bereits in jungen Jahren lernen durfte – und das Magdalena und mir schon viele zauberhafte Momente bescherte.

Aber -" sein Blick schweifte bedeutsam durch die Runde „lassen Sie mich in diesem Moment auch den Blick auf unsere nahe Umgebung richten, die uns vor Augen führt, dass unser Anspruch einer friedvollen Welt noch nicht überall verwirklicht werden konnte.

In den letzten Wochen hatte ich die einmalige Gelegenheit, zusammen mit diesen schrecklich traumatisierten Boat People - die vorübergehend in unserer Nachbargemeinde Friedland untergebracht sind und sich von dort aus ein neues, friedliches Leben aufbauen werden – ein Gemälde zu verwirklichen, dass die Flucht aus diesem unfassbaren Leid in Vietnam thematisierte. Eine Flucht, auf der es um das nackte Überleben ging und die die Menschen in Scharen aus dem unfassbaren Elend auf Flüchtlingsboote trieb. Ja, im Vietnamkrieg ist ein großes Leid entstanden, leider aber wohl in allen Kriegen und der Tyrannei, die auch wir damals selbst so furchtbar erleiden mussten.

Um meinen bescheidenen Beitrag für eine friedvolle Welt zu leisten, aber auch als meinen aufrichtigen Dank für die Ehre der Preisverleihung der hochgeschätzten Hennes-Filsinger-Stiftung, möchte ich das Gemälde dem Roten Kreuz in Göttingen stiften, dem Sie, lieber Herr Minister Bruhns, in ehrenamtlichem Engagement vorstehen. Möge das Bild eine Mahnung an unsere eine, friedliche Zukunft sein."

Erneut wurde applaudiert und die Gäste stießen auf das Wohl des Künstlers an. Magdalena hatte seit einigen Wochen mit einem extravaganten Prospekt zu dem Empfang eingeladen. Entsprechend hatten sich auch mehrere kunstinteressierte Besucher der Galerie eingefunden, die eine schöne Ergänzung zu Minister Bruhns und den Honorationen der Göttinger Kunstszene bildeten. Etwas abseits unterhielten sich *Lars*, Thors Sohn aus einer früheren Verbindung, der mit *Ulla* und den Kindern angereist war, und Bekannte aus dem Dorf. Die Kinder ruinierten derweil am Wendebach ihre schicken Sonntagskleider. Thor war es etwas unangenehm, dass sie auch Lars eingeladen hatte. Er hatte nichts für die nervenden Kinder übrig, denn er fand, dass sie ihm alle Muße raubten, die für ein künstlerisches Schaffen nun mal notwendig waren. Obwohl Lars mit seinen blonden halblangen Haaren Thor wie aus dem Gesicht geschnitten war, trennte die Beiden doch eine Distanz, die Magdalena trotz der vielen Jahre ihres Zusammenlebens nicht deuten konnte. Sie hatte es letztlich erst nach einem längeren Telefonat mit Ulla geschafft, auch Lars zum Kommen zu bewegen. Die Kinder hatten diese hellen Augen, die Thor auch seinen aristokratischen Habitus verliehen, in den sie sich vor Jahren so heftig verliebt hatte.

März 1969. Romeo und Julia
Noch immer spürte sie das Erdbeben, dass die elegante Erscheinung dieses Mannes in einer kleinen Alabastri-Manufaktur in Volterra in ihr ausgelöst hatte. Thor unterhielt sich in fließendem Italienisch mit dem Inhaber der Manufaktur. Welchen Kontrast bildete dieser Mann zu den deutschen Männern, die doch noch immer in ihrer deutschtümelnden Provinzialität verfangen waren, nach der die Frau hinter den Herd gehört und der Mann die Versorgung der Familie sicher stellte und ansonsten nicht viel redete. Schon gar nicht war an Reisen zu denken, oder eben an die Kunst, die sie so sehr faszinierte. Noch am gleichen Abend hatte er sie auf die Terrassa einer kleinen Taverna eingeladen und bei reichlich Rotwein verloren sie sich stundenlang in ihrer Begeisterung über dieses tolle Land und seine kulturellen Reichtümer. Später hatte er sie zu ihrer Pension begleitet, nicht ohne sie am nächsten Morgen mit einem Blumenstrauß wieder in Empfang zu nehmen und sie zu einer Spritztour nach Pisa abzuholen.

Zwar kannte sie Pisa schon von Ihrer ersten Italienreise, damals noch mit *Fritz*, ihrem ersten Mann, mit dem sie im Käfer die weite Fahrt von Düsseldorf auf sich genommen hatte. Fritz hatte kein Interesse an solchen Unternehmungen, aber schließlich ließ er sich doch dazu überreden. Ihr großer Altersunterschied machte sich eben hin und wieder bemerkbar, besonders wenn Magdalena darauf bestand, sich die Stätten Ihrer Bewunderung in natura anzusehen. Fritz hatte sie mit dem Versprechen geheiratet, ihr diese „unvernünftige" Bildhauerausbildung zu finanzieren. Eine ziemlich gewagte Sache, wie er fand, zumal für eine junge Frau; schließlich waren die Zeiten nicht gerade so, dass man sich mit Kunst beschäftigen sollte. Am Ende hatte er nachgegeben, denn natürlich schmeichelte es ihm, dass er sich mit seiner jungen hübschen Frau schmücken konnte. Er hatte auch die Hoffnung gehabt, dass sie ihm in seinem fortgeschrittenen

14

Alter doch noch zu einem Stammhalter verhalf. Aber Magdalena wusste schon seit sie etwa 14 Jahre alt war, dass sie keine Kinder bekommen konnte. Das war kein Problem für sie, denn in einer Mutterrolle konnte sie sich noch nie vorstellen. Mit Fritz hatte sie aber nie darüber gesprochen.

Magdalena drängte die Erinnerung an Fritz beiseite. Sie hatten eine schöne Zeit und er hatte ihr mit der Ausbildung ihren Traum verwirklicht. Vielleicht wäre sie auch ohne sein üppiges Erbe niemals weiter als bis nach Italien gekommen. So konnte sie einige Jahre ohne diesen ganzen deutschen Ballast nach Indien und Mexico reisen und dort ihren eigenen Stil erfinden – die Abraxas-Serie – mit der sie doch -zurück in Düsseldorf- gute Aufträge geangelt hatte.

Thor wohnte in der Umgebung von Volterra bei seinem alten Freund *Giovanni*, den er aus seiner Schauspielerzeit kannte. Giovanni und er hatten sich damals über mehrere Monate die Unterkunft geteilt und dort ihre Freundschaft begründet. Vor einigen Jahren hatte er von seinem Vater ein Weingut in der Nähe von Volterra übernommen, das er mit seiner Frau bewirtschaftete. Ihre Bambini waren schon erwachsen und hatten sich in alle Winde verteilt. Thor konnte in Giovannis *vigneto* so herrlich ausspannen und hatte sich auch in einem Raum neben der Veranda vorübergehend ein kleines Atelier eingerichtet, wo er die Bilder produzierte, die auch schon das Weingut in Gänze zierten. Von Giovanni hatte er sich am Morgen einen Alpha Romeo geliehen, bezeichnenderweise einen *Giulia*.

Es war sehr heiß in Pisa und auch der Rotwein vom Vorabend hatte Magdalena einen flauen Magen hinterlassen. Trotzdem genoss sie die Aufmerksamkeit, die ihr am Arm dieses Mannes zuteil wurde, der sich durch seine Größe und seinen blonden, künstlerisch langen Haaren und seinem eleganten *Moustache* von den italienischen Männern absetzte.

Der Empfang: Imbiss

Magdalenas Aufmerksamkeit fokussierte sich jetzt wieder auf den Empfang. Am Haus hatte sie Tische aufgestellt, und Helferinnen aus dem Dorf stellten das Essen auf, das sie in der Gastwirtschaft „Mutter Jensen" nebenan vorbereitet hatten. Sie holte noch die Servietten aus dem Haus, die sie vorab mit abstrakten Motiven versehen hatte. Alles sollte perfekt sein und sogar das Wetter spielte mit. 25 °C bei strahlendem Sonnenschein, besser hätte es nicht laufen können. Die ersten Gäste fanden sich beim Buffet ein; ganz vorne die Kleinen von Lars, die sich ihre Teller vollschaufelten, als gäbe es die nächsten Wochen nichts mehr zu essen. Die Gesellschaft verteilte sich allmählich um die dekorierten Stehtische und genoss offensichtlich die Mischung aus italienischer Küche und deutscher Hausmannskost, die sie *Frau Jensen* nicht ausreden konnte, schließlich war Rinderkraftsuppe mit Eierstich ihr Spezialgebiet. Eine Platte Mettbrötchen, Kartoffelsalat und eine Platte mit kaltem Braten rundeten das Lokalkolorit ab. Magdalena selbst hatte gestern mit *Renate*, einer jüngeren Cousine aus Hannover, bereits die italienischen Anteile am Buffet vorbereitet. Es gab Carpaccio, Mozzarella mit Tomaten und Basilikum sowie Pizzetti mit Rucola und Parmesan. Und diverse andere Köstlichkeiten.

Sie nahm sich selbst einen Teller und gesellte sich zu Thor, der mit Minister Bruhns und dem Leiter des Göttinger Kunstmuseums, Heinrich Schneider, bereits einen Stehtisch belegt hatte. Renate ging von Tisch zu Tisch und bot den Gästen Weißwein an. Nachdem auch *Dr. Günther Richter*, Kunstlehrer (und Geschichte) am Gymnasium in Friedland und seine Frau – Magdalena fiel ihr Name nicht mehr ein, sie war ein „graues Mäuschen" die in ihrem wollenen Kostüm in der Sonne schon reichlich ins Schwitzen kam - ihre Teller auf dem Tisch platziert hatten, wurde der Platz bereits knapp. Schon etwas schwankend steuerte nun auch noch *Klaus Meyer-Bertram* auf ihren Tisch zu und drängelte sich zwischen das Ehepaar Richter. Meyer-Bertram war Journalist beim Göttinger Wochenblatt; er war vorhin die ganze Zeit zwischen allen Gästen umhergerannt und hatte mindestens 6 Filme vollgeknipst. Äußerlich hob er sich von der kompletten Gesellschaft ab, von Lars sei einmal abgesehen. Cowboystiefel, hellbraunes offen kariertes Hemd zur groben, dunkelbraunen Cordhose mit Schlag und darüber eine zu kleine Lederweste mit braunem Gehänge. Nur der Sommerhut aus Bast passte nicht so recht zu dem schreibenden Old Shatterhand aus der

Kreisstadt. Frau Richter – *Gertrud?,... Regine?* – bückte sich nach der Gabel, die herunterfiel, als Meyer-Bertram die benachbarten Teller sachte zur Seite schob, damit sein Teller auch noch dazwischen passte. Er entschuldigte sich und gab ihr freundlich die Hand „Klaus, angenehm". Magdalena ging kurz zum Buffet und holte eine neue Gabel für Frau Richter. Jetzt hatte sie ihren Namen nicht mitbekommen. Bis auf den Minister nahmen auch alle anderen das „Du" an und sie begannen zu essen.

Minister Bruhns wollte gerade ansetzen, um Magdalena erneut für die unvergleichliche Organisation des Festes zu loben, als Meyer-Bertram das Gespräch auf die Vernissage vor 2 Wochen im Lager Friedland lenkte. Er hatte dazu letzte Woche einen –etwas knapp gehaltenen – Artikel abgesetzt, mit einem Foto von Thors jüngstem Werk, das mit seinen 3 Metern Länge die gesamte Eingangshalle des Lagers dominierte. Neben dem Bild stand Thor – er strahlte - der seinen Arm väterlich um das vietnamesische Mädchen legte, dass ihm für das Bild Modell gestanden hatte.

Mai 1979. Das Projekt

Die Idee kam ursprünglich von Günter Richter, der sich ehrenamtlich im Lager Friedland engagierte. Er hatte Magdalena und Thor eines Tages gefragt, ob sie sich vorstellen könnten, mit den Kindern aus dem Lager ein Kunstprojekt zu starten – ehrenamtlich versteht sich. Magdalena hatte absolut keine Zeit, sie musste noch eine Bronzeplastik (eine Auftragsarbeit) für eine Düsseldorfer Firmenzentrale anfertigen und war hier schon einigermaßen im Verzug. Aber sie fand, dass es eine gute Gelegenheit für Thor wäre, um sich ein wenig aus der Lethargie zu befreien, in die er doch immer weiter verfiel. Nach einigen Anläufen konnte sie Thor dazu überreden. In der nächsten Woche holte Dr. Richter Thor ab und sie fuhren in das Aufnahmelager. Dr. Richter kannte die meist Jugendlichen bereits und versammelte sie in einem Raum. Er hatte die Idee, dass Thor ein größeres Ölbild mit den Kindern malen solle, sozusagen als Gemeinschaftswerk. Das war Thor dann doch etwas zu viel, aber wollte hier Skizzen anfertigen, aus denen er dann ein größeres Werk entwickeln würde. Im Aufnahmelager befanden sich zu der Zeit fast nur Vietnamesen und dann hatte Thor eine Idee. Er fertigte Porträtzeichnungen von den Mädchen an und bat um etwa 2 – 3 Wochen Zeit, die er für die Fertigstellung des Gemäldes benötigte. Dr. Richter hatte eigentlich einen anderen Plan gehabt und hätte sich schon gefreut, wenn Thor sich zumindest ein bisschen auf die Jugendlichen eingelassen hätte. Aber dazu waren die Generationen doch zu weit auseinander. Sprachbarrieren kamen auch hinzu, denn die Kinder sprachen so gut wie kein deutsch und die ganze Kommunikation ging über den Dolmetscher, der vom Aufnahmelager mit einem Zeitvertrag angestellt war. Aber Dr. Richter konnte Thor nicht dazu bewegen und irgendwann ließ er ihn einfach gewähren.

Dann ging es erstaunlich schnell. Thor rief schon nach 2 Wochen wieder an und sagte Dr. Richter, dass er mit dem Bild soweit fertig sei. Richter versprach, an einem der nächsten Tage bei Thor vorbeizuschauen. Er war doch sehr überrascht von dem Ergebnis. Thor hatte auf einer etwa 3*4 Meter großen Leinwand Flüchtlingskinder dargestellt, die mit angsterfüllten Gesichtern aus einem Flüchtlingslager in Vietnam herausliefen. Die Gesichter der Kinder waren die Porträts aus Friedland. Qualitativ war das Bild wirklich hochwertig, die Kinder waren so genau porträtiert, dass Richter auf Anhieb einige erkennen konnte.

Der Empfang: Zenith
Meyer-Bertram führte derweil das Wort: „Inzwischen hagelt es Leserbriefe wegen der Aktion im Lager. Da fühlen sich aber einige ganz schön auf den Schlips getreten. *Bernsen* von der CPU fand es geschmacklos." Minister Bruhns fiel ihm ins Wort. „Bernsen hat eh nichts zu melden. Wir sollten stolz sein, dass Avantgarde-Künstler unsere Region, die doch immerhin im strukturschwachen Grenzgebiet liegt, so wunderbar aufwerten. Thor von Annen hat mit der Aktion vielleicht Widerspruch erzeugt. Aber wir brauchen in unserem Land auch kritische Stimmen, die auch gesellschaftliche Tabus ansprechen. Lassen Sie Bernsen einfach rumtönen."

„Der hat sich auch schon wieder beruhigt. Ich hatte ihm eine Einladung geschickt, und heute morgen haben wir kurz telefoniert.

Er hat heute irgendwas Privates." Magdalena beschwichtigte die leichte Gereiztheit und so hob Bruhn direkt noch einmal an und lobte Magdalenas Organisationstalent in den höchsten Tönen.

Am übernächsten Tisch ertönte lautes Geschepper. *Sabine*, die Kleine von Lars hatte auf dem Hocker gestanden, damit ihr Gesicht zum Essen wenigstens über den Rand des Stehtisches ragte. Jetzt war sie mitsamt dem Hocker, ihrem Teller und 2 Gläsern zusammengebrochen. Sie fing laut an zu brüllen und drückte ihr Gesicht in Ullas Busen. Ulla tröstete und derweil sammelte Lars hektisch Gläser, Teller und Hocker auf und versuchte, zu retten, was nicht zu retten war.

Magdalena lief rüber und fragte Renate, ob sie eben abräumen und neues Geschirr holen könnte, denn es war auch die Rinderkraftbrühe von Jens umgekippt. Er hatte sich den Eierstich schon vorher aus der Suppe gepult und dabei heftig den Gaumen verbrannt. Jetzt rannte Jens schon mit den Kindern der Nachbarn Slalom durch die anderen Tische. Thor blickte leicht genervt, zumal die Aufmerksamkeit von Minister Bruhns jetzt eher bei den Kindern lag als in Gesprächen, die unter Männern angemessen wären.

Magdalena kümmerte sich derweil darum, dass die giftgrüne Götterspeise herausgebracht wurde. Frau Jensen hatte die Götterspeise mit Weißwein angerichtet, was ihr einen untypisch-herben Geschmack gab. Sabine musste derweil ausgebremst werden, damit sie sich ein Schälchen ohne Alkohol nahm, worauf sie unter lautem Protest wieder zu ihrer Mutter lief, was aber m Ende auch nichts nützte. Einige Gäste nahmen sich eine Tasse frisch gebrühten Filterkaffee und gesellten sich zu Thor, der in der Runde an seinem Tisch Zigaretten „Peter Stuyvesant" verteilte, obwohl doch auf allen Tischen Zigarettenspender standen, an denen sich die Gäste inzwischen reichlich bedienten. Thor rauchte die Zigarette immer mit einer extravaganten, elfenbeinernen Zigarettenspitze. Er hob sich mit seinem dunkelblauen Blazer über einem weißen Rollkragenpullover aus der Runde hervor, insbesondere fiel das im Vergleich zu Minister Bruhns auf, dessen speckiger grauer Anzug seine geringe Körpergröße in Kombination mit dem umso größeren Leibesumfang und der mühsam überkämmten Glatze, doch recht pekig erscheinen ließ. Neben Thors stattlicher Körpergröße und seinem vollen, weißen Haarschopf, erschien der Minister wenig staatstragend. Er stammte aus dem Nachbardorf und hatte seinen Aufstieg vom Dorfbürgermeister zum Landwirtschaftsminister doch eher dem regionalen Proporz seines Wahlkreises im „Zonenrandgebiet" zu verdanken, als einer wie auch immer gearteten Fachkenntnis in der Landwirtschaft. Was die Kunst anging, war es damit leider auch nicht besser bestellt. Auf der anderen Seite war seine Anwesenheit auf dem Empfang aber auch ein Garant für die Aufmerksamkeit der Presse und die wiederum brauchten sie, um die Aufmerksamkeit der „Kunstinteressierten" in der Region und auch in der Landeshauptstadt auf ihre Galerie zu lenken.

Lars und Ulla
Im Foyer verwickelten sich inzwischen Lars und Ulla derweil in einen heftigen Streit. Lars wollte den Bus um zehn nach zwei nehmen; der nächste fuhr schließlich erst um halb sechs. Und sie mussten noch in Göttingen zum Bahnhof und in Kassel umsteigen, das heißt, dass sie sonst erst reichlich spät in Marburg ankommen würden, was mit einem entsprechenden Gequengel der Kinder und einem miesen Start in die Woche verbunden wäre. Lars konnte seine schlechte Laune schon gestern nicht verbergen, und die x Gläser Rotwein, mit denen er sich dann doch von seinem Vater bewirten ließ, hatten in Kombination mit einer schlaflosen Nacht bei Jenners – Sabine hatte mitten in der Nacht einen Schneidezahn verloren und sich daran verschluckt - auch nicht zu seiner Erheiterung beigetragen. Magdalena regte es auf, dass Lars sich nicht ein einziges Mal zusammenreißen konnte und ewig seine Protesthaltung –gegen was eigentlich? - vor seinem Vater und allen anderen zelebrieren musste. Thor wollte ihm gestern Abend – für Magdalenas Geschmack ein wenig zu feierlich – 2 Ölbilder aus seiner Reihe „Familienbande" schenken. Das eine Bild zeigte Lars im Teenageralter und auf dem anderen hatte Thor seine eigene Mutter *Clara* - die Magdalena nicht mehr kennengelernt hatte - porträtiert. Die Bilder hingen im Foyer mit einem Selbstporträt von Thor in der Mitte.

20

Thor schuf schon seit seinen jungen Künstlerjahren in jedem Jahrzehnt in divergierenden Techniken jeweils ein Porträt seiner selbst und so war das Ölbild ein Bestandteil dieser „Lebensreihe" und gleichzeitig die Mitte der „Familienbande". Lars würdigte diese doch eigentlich geradezu rührende Aufmerksamkeit des Vaters mit völliger Ablehnung. Seine Worte waren verletzend kränkend für Thor; dazu kannte sie ihn lange genug. Magdalena hatte unzählige Versuche unternommen, auch Lars und Ulla in ihre Familie einzubinden, aber nur mit Ulla war eigentlich ein vernünftiges Gespräch möglich. Thor war traurig über das Verhältnis zu Lars, aber Lars schlug auch die immer wieder ausgestreckte Hand von Thor aus. Sie konnte ihn verstehen, dass er keine Lust mehr hatte, bei Lars immer wieder vor dieselbe Wand zu rennen.

Der Empfang: Das Finale
Derweil kam Minister Bruhns auf Magdalena zu, um sich zu verabschieden. Etwas altbacken nahm er ihre Hand und verbeugte sich: „Magdalena, ich habe mich lange nicht so wohlgefühlt, wie bei Ihnen. Tausend Dank für die kulinarischen Köstlichkeiten, das ist doch mal etwas anderes als immer nur Hausmannskost." Magdalena lachte fröhlich, während Ulla mit reichlich saurer Miene die Wurstbrote, die ihnen Frau Jenner geschmiert hatte, in der Reisetasche verstaute. Bruhns nahm den Eindruck auf: „Frau von Annen, wollen Sie das schöne Fest schon verlassen?"
Ulla schaute säuerlich. „Das können sie ja nicht wissen; wir heißen *Sennemann*; äh ja, gleich geht der Bus nach Göttingen und den wollen wir nicht verpassen. Es dauert schließlich noch einige Stunden; wir müssen nach Marburg". Ulla wirkte unsicher, und das war auch kein Wunder, schließlich saß sie bei Lars und ihrem Vater sozusagen zwischen allen Stühlen. Dieses Gefühl hatte Magdalena allerdings auch von sich selbst. Seit sie sich kannten, hatte Lars ihr die kalte Schulter gezeigt und sie mehr oder weniger ignoriert. Eigentlich hatten sie sich noch nie richtig unterhalten. Ihm fehlten völlig die Einfühlsamkeit und die Grandessa seines Vaters, stattdessen ließ er ihn mit seiner dauernden Bockigkeit regelmäßig auflaufen. Magdalena bewunderte Thor für seine Geduld, doch immer wieder den Kontakt zu seinem Sohn zu suchen und sie verstand seine Verbitterung über die Situation.
„Ich muss ja auch nach Göttingen, es wäre mir eine Freude, sie zum Bahnhof zu bringen. Im Wagen ist mehr als genug Platz" bot Bruhns Ulla eine Passage zum Bahnhof an. Ulla ließ sich nicht lange bitten und der ganze Tross wurde im Dienstmercedes des Ministers verstaut. Thor gab Lars knapp die Hand, herzte Sabine und Jens und umarmte Ulla, und dankte Minister Bruhns, dass er sich Zeit für den Empfang nehmen konnte, aber auch, dass er Lars und seine Bagage gleich mitnahm. Magdalena kannte Thor gut genug, dass er froh war, Lars und die lärmenden Kinder auf diese Weise elegant los zu
22

werden. Jetzt konnte er sich doch etwas entspannter den anderen Gästen widmen und musste nicht mehr gute Miene zum bösen Spiel machen, wenn eines der Kinder wegen irgendeinem Blödsinn aufheulte oder wenn Lars seine Stimmung immer wieder nur durch seine pampige Anwesenheit versaute.

Lars und Ulla: Die Rückfahrt
Bruhns fuhr zackig auf die Landstraße Richtung Göttingen. Als sie am Ortsausgang am Friedhof vorbeifuhren, fielen Lars drei Asiatinnen auf, die vorhin schon eine Weile am Zaun gestanden hatten. Niemand hatte sie weiter beachtet; sie hatten wohl nur einen Blick auf die Party werfen wollen. So etwas kam in diesem gottverlassenen Kaff – in das sich sein Vater mit seiner sogenannten „Stiefmutter" zurückgezogen hatte – sicher nicht allzu oft vor. Das war sicher. Jetzt gingen die Frauen mit Flip Flops hintereinander am Straßenrand, vermutlich hatten sie sich an diesem Sonntag einen Ausflug aus dem Aufnahmelager gegönnt. Allerdings war es für einen einfachen Spaziergang doch schon ein wenig zu weit. Egal, das waren zumindest nicht seine Probleme.

Was war er froh, endlich von dieser Scharade wegzukommen. Magdalena hatte Ulla wochenlang bekniet, dass Sie zu seinem 70ten kommen sollten. Lars war total dagegen. Er wollte nicht, dass seine Familie zu einem der Ausstellungsstücke seines Vaters werden, herumgereicht als, *was für eine nette Familie*. Lars hatte nicht nur an diesem Wochenende keinen Bock, den Alten zu sehen. Er hatte im Grunde überhaupt keinen Bock darauf. „Ach Sie sind der Sohn, was für eine Freude. Bla, bla, wie schön es doch Ihr Vater hier hat." Ja, ja. Abgesehen von der Wurstplatte von Frau Jensen konnte man die ganze Aktion komplett in die Tonne treten. Er ärgerte sich, dass er damals zu seinem Vater hingefahren war, nachdem ihm Onkel Martin die Adresse zugesteckt hatte. Besser wäre gewesen, wenn er nicht hingefahren wäre, oder noch besser, wenn der Alte nicht eines Tages wieder aufgetaucht wäre. Lars konnte sich bis dahin nicht an ihn erinnern. Am Besten, er wäre einfach da geblieben, wo er vorher war. Wo auch immer das gewesen sein mag. Lars hatte vom ersten Treffen an eine starke Abneigung gegen seinen Vater. Der hatte seine

Mutter sitzen lassen und sich danach nicht ein einziges Mal gemeldet. Von Unterhalt ganz zu schweigen.

Am liebsten wäre Lars, wenn der Alte einfach wieder verschwinden würde und er ihn nie wieder sehen müsste.

Er ahnte da noch nicht, dass sein Wunsch bald in Erfüllung gehen sollte.

Crétins

„Endlich habe ich euch widerlichen Crétins da wo Ihr hingehört. Ich könnte kotzen, wenn ich Eure angstversabberten Visagen sehe"; Roger genoss den Gedanken. Er saß am Klavier und stimmte die ersten Passagen der Marseilleise an: Allons enfants de la Patrie, le jour de gloire est arrivé!

Laisser faire des Joux joux, nous somme des artistes...

Zurück im Frühjahr 1969. Magdalena und Thor

3 Tage, nachdem Magdalena aus Italien wieder zurück in Deutschland war, stand Thor morgens vor ihrem Haus. Er trug einen eleganten Anzug und hielt eine langstielige rote Rose in der Hand. So lehnte er lässig an dem Giuilia, mit dem sie noch in der letzten Woche noch nach Pisa gefahren waren. Magdalena war völlig von den Socken. Ja, sie hatte sich letzte Woche in diesen wunderbaren Mann verliebt. Gut, er war 20 Jahre älter als sie, aber auch Fritz war älter gewesen und das hatte ihr noch nie etwas ausgemacht. Mona, ihre Schwester hatte ihr damals vorgeworfen, dass sie wohl einen Vaterkomplex hätte. Vielleicht war da etwas dran, auch wenn sie diesen Gedanken nicht besonders mochte. Sie hatte immer Zweifel gehabt, ob das ihr richtiger Vater sein konnte. Zu ihm hatte sie keinerlei Ähnlichkeit. Zu ihren Geschwistern im Übrigen auch nicht. Und schließlich hatte es nie eine irgendwie geartete emotionale Beziehung zwischen ihr und ihrem Vater gegeben. Er war ein notorischer Fremdgänger und ihre Mutter litt in der Zeit doch sehr unter der Situation. Schließlich wurde er im Krieg nach Russland eingezogen und ist da 1942 gefallen.

Was interessierte sie die Gehässigkeit ihrer Schwester? Hier stand ein wunderbarer, gutaussehender Mann mit einer roten Rose vor ihr und sie war völlig verzaubert.

Magdalena war gerade auf dem Weg zu einem Auftraggeber, als Thor vor der Tür stand. Sie hatte die ganze Zeit an ihre wunderbare Begegnung in Italien denken müssen, aber sie hatte nicht damit gerechnet, dass sie sich überhaupt wiedersahen. Und schon gar nicht, dass er ihr direkt hinterherfährt und sich morgens mir nichts dir nichts vor ihrer Haustür aufbaut. Sie wusste nicht, wo ihr der Kopf stand. Halb stotternd brachte sie hervor, dass sie eigentlich jetzt gleich einen Termin hätte. Thor bot ihr an, sie dort hin zu fahren und auf sie zu warten. So kam es dann auch, und am frühen Nachmittag saßen sie bei Kaffee und Kuchen in ihrer kleinen Küche in Göttingen. Sie hatte eine Zweizimmerwohnung in der Dahlmannstraße gemietet. Magdalenas Familie kam aus dem Umland, aber sie war schon in der Göttinger Oststadt aufgewachsen. Nachdem sie Fritz geheiratet hatte, war sie zu ihm nach Düsseldorf gezogen und hatte dort ihre Bildhauerausbildung absolviert. Danach begann sie ihre Wanderjahre, wie sie es nannte. Sie lebte ein halbes Jahr in Mexiko und etliche Monate in Goa, West-Indien. Von hier nahm sie die Motive und den Spirit mit, der in ihren Plastiken seinen Ausdruck fand. Und für sie war danach auch klar, dass sie keine Kompromisse in ihrem Beruf machen wollte. Alle zerrten nach ihrer Rückkehr aus Indien an ihr herum, sie möge doch Kunstlehrerin werden, oder sollte was mit Sprachen machen, immerhin sprach sie seit den Zeiten in Mexiko und Indien leidlich Englisch und ein bisschen Spanisch. Oder sie solle sich doch einen neuen Mann in ihrem Alter suchen und eine Familie gründen. Schließlich wäre sie für ein Witwendasein zu jung und das sah sie allerdings auch so, jedenfalls das mit dem Witwendasein. Nach Familie stand ihr allerdings gar nicht der Sinn, und im übrigen wäre das auch gar nicht gegangen.

Die beiden redeten stundenlang. Irgendwann öffnete Magdalena ein Fläschchen Rotwein und so gingen die Gespräche in den Abend über. Nicht mehr ganz nüchtern verabschiedete sich Thor. Er hatte sich in einem kleinen Hotel in der Innenstadt eingemietet. Für den nächsten Tag lud er sie zum Essen ein.

Und so plätscherten die Tage so dahin. Thor war nach einer Enttäuschung nach Italien gereist und hatte dort am Ende mehrere Monate auf dem Weingut von seinem Freund Giovanni verbracht.

Jetzt war er auf der Suche nach einem Neubeginn in Deutschland. Nach etwa zwei Wochen musste er mit dem Geld haushalten und Magdalena bot ihm an, zunächst bei ihr zu übernachten und sich von dort aus eine feste Bleibe zu suchen.

Thor war wunderbar. Wenn sie außer Haus war, putzte er die ganze Wohnung und überraschte sie täglich mit einer neuen Aufmerksamkeit. In der Freizeit machten sie dann Ausflüge mit dem Giulia und so fuhren Thor und sie tagelang ziellos durch die Gegend. Auch wenn sie es sich nicht so recht eingestehen mochte: Madgalena war über beide Ohren verliebt!

Schließlich musste Thor wegen dem Giulia eine Entscheidung treffen. Er hatte den Wagen nur von Giovanni ausgeliehen. Deshalb fuhren sie auch noch mit dem italienischen Kennzeichen herum. Thor hatte mit Giovanni telefoniert und Giovanni hatte ihm den Wagen zum Kauf angeboten. Für Thor ein kleines Problem, denn als freischaffender Künstler hatte er nur ein kleines Budget für seinen Lebensunterhalt. Er konnte sich den Alpha im Grunde nicht leisten. Aber Magdalena liebte den Wagen und schließlich fragte sie Thor, ob sie ihn nicht kaufen könnte. Thor fand das eine wunderbare Idee und so telefonierte er erneut mit Giovanni und machte das Geschäft perfekt. Als sie den Preis hörte, 7.500 Mark, musste sie allerdings schon etwas schlucken. Aber sie wollte den Zauber des Moments auch nicht zerstören und so willigte sie ein. Thor kümmerte sich um alle Formalitäten. Der TÜV musste bei der Umschreibung neu gemacht werden und Thor fuhr mehrfach zur Stadtverwaltung, weil immer wieder etwas fehlte, mal war es der italienische Fahrzeugbrief, deren Übersetzung er selbst vornahm, der aber beglaubigt werden musste. Ein anderes Mal fehlte ihm Magdalenas Vollmacht, ohne die er gar nicht erst zum Sachbearbeiter vorgelassen wurde. Aber Thor managte das alles mit einer Engelsgeduld und endlich gehörte der Giulia ihr. Glücklich machten sie einen Wochenendausflug in den Harz. Thor war noch nie im Harz gewesen und so besuchten sie Goslar, Braunlage und Osterode und ließen es sich ein paar Tage gut gehen. Sofern das bei dem herbstlichen Wetter möglich war.

An einem der nächsten Wochenenden machten sie eine Spritztour in die Göttinger Umgebung. Thor konnte so unheimlich gut zuhören. Sie erzählte Thor von ihrem Traum, in ein altes Bauernhaus auf dem Lande zu ziehen und da eine Galerie und ein Atelier aufzubauen. Bisher hatte sie immer in angemieteten Ateliers gearbeitet und bei anderen Galeristen ausgestellt und verkauft.

Und sie hatte auch schon ein Objekt ins Auge gefasst: In dem Dorf, aus dem ihre Mutter kam, direkt am DDR-Grenzzaun, gab es den Gasthof von den Jenners, und auf einem Nachbargrundstück stand das Traumhaus. Der Zustand war allerdings beklagenswert, aber sie hatte schon mit Thomas Jenner, einem entfernten Cousin, gesprochen. Er hatte keine Verwendung für sein Grundstück und war einverstanden, es ihr auf Erbpachtbasis abzutreten. Bedingung war allerdings, dass sie es auf eigene Kosten in Stand setzen würde. Thor und Magdalena streiften um das Haus herum und holten sich den Schlüssel von Frau Jenner. Der Hauptteil des Gebäudes bestand aus der alten Scheune, von der einige kleinere Räume abgingen, die auch früher schon als Wohnraum von den Bauern genutzt wurden. Es war auf jeden Fall genug Platz, um einen Atelierraum für Magdalena einzurichten; immerhin plante sie, auch große Bronzeplastiken zu entwickeln. Die beiden kamen ins Träumen. Die Toreinfahrt zur Scheune würden sie gegen eine Glasfront austauschen, damit Licht in das Gebäude kommen würde. Das Grundstück umfasste auch etwa 1 Hektar Wiese und Thor war sofort hellauf begeistert. Er war ein passionierter Gärtner und hatte sich auch schon in den Monaten bei Giovanni entsprechend nützlich gemacht.

Das Ganze war ein Traum. Magdalena und Thor beschlossen an diesem Tag, diesen Traum gemeinsam zu verwirklichen.

In der nächsten Woche besuchte Magdalena erneut ihren Cousin, Thomas Jenner, um mit ihm einen Vertrag auszuhandeln. Sie würde einen Großteil ihres Erbes von Fritz in das Projekt einbringen, aber das hier war eine Herzensangelegenheit und bei so was sollte man nicht zögern. Außerdem hatte ihr Thomas das Haus zu sehr günstigen Konditionen angeboten; sie hatte fast den Eindruck, dass er froh war, das Ding loszuwerden. Nach einigen Wochen mit Notar und Grundbucheintragung gehörte das Haus dann Magdalena. Thor konnte sich finanziell nicht einbringen, aber das war Magdalena auch ganz recht, schließlich waren sie erst kurze Zeit zusammen. Thor war aber auch damit einverstanden. Er würde die ganzen Handwerksarbeiten selbst übernehmen und dass er handwerklich sehr begabt war, hatte er neulich ja auch schon bei der Reparatur eines Wasserrohrbruchs im Keller ihrer Wohnung in Göttingen unter Beweis stellen können. Zum Jahreswechsel '69 begannen dann die Bauarbeiten. Sie hatten sich entschlossen, die Dielen in den Zimmern abzuschleifen und einzuölen. In dem Scheunenraum musste ein Estrich gelegt werden und auch darauf wurden Holzdielen verlegt. Viele Wände mussten neu verputzt und alles musste neu gestrichen werden. Die Elektrik und Wasserrohre mussten komplett erneuert werden. Alles in Allem waren Magdalena und Thor fast ein halbes Jahr mit den Bauarbeiten beschäftigt. Zum Sommer hin stand dann allmählich der Umzug an. Thor holte einige Kartons und eine auffällige Holzkiste aus Freiburg, die er noch bei einem Bekannten zwischengelagert hatte. Mehr besaß er nicht, abgesehen natürlich von mehreren Staffeleien und den ganzen Zeichen- und Malutensilien. Seine Philosophie war die Freiheit und die Ungebundenheit. Und da störte zu viel „Ballast", er meinte, das würde ihn einengen.

Im Juni überraschte Thor Magadalena mit einem formvollendeten Heiratsantrag. Madgdalena sagte ohne zu zögern: Ja. Aber auch im Hinblick auf die Hochzeit überraschte er sie. Er würde mit ihr nach Dänemark reisen; zum einen um die Hochzeit gleich mit der Hochzeitsreise zu verbinden, aber auch, weil in Dänemark das Heiraten ohne große Bürokratie von statten ging. Und so reisten Sie im Juli nach Tønder und heirateten im dortigen Standesamt. Unmittelbar vor der Hochzeit eröffnete Thor den Wunsch, Magdalenas Namen annehmen zu dürfen. Magdalena hatte nicht vor gehabt, ihren adligen Namen abzugeben. Mit Fritz hatte sie damals offiziell einen Doppelnamen geführt, aber nur vor den Behörden. Als Bildhauerin bleib sie einfach Magdalena von Annen. Was war Thor doch für ein wunderbarer Mann, dass er als Symbol seiner Liebe auf seinen Namen verzichtete? Was für ein großartiges Geschenk. Magdalena war zu Tränen gerührt. Sie heirateten nur zu zweit, ohne

Trauzeugen. Thor fand, dass ein so intimes Ritual auch intim bleiben sollte und er wollte keine nervenden Verwandten und Bekannten dabei haben. Nach der Zeremonie lud Thor sie in ein fantastisches Restaurant ein und nach einer Woche völlig verregneten Flitterwochen traten sie die Heimfahrt an, auch weil Magdalena keine Ruhe mit dem Haus hatte. Sie wollte unbedingt die letzten Arbeiten fertigstellen und dann endlich mit Thor ein gemeinsames Heim schaffen. Und so fuhren sie mit dem Giulia wieder zurück und nach einer Übernachtung bei Freunden von Magdalena in Hamburg ging es zurück nach Göttingen.

Hier wurde die Situation etwas schwierig. Magdalena hatte nicht damit gerechnet, dass ihre Familie und auch Thors Sohn so dermaßen abweisend auf die Nachricht der Heirat reagieren würden. Das frischgebackene Ehepaar hatte gemeinsam eine sehr schöne Karte entworfen und drucken lassen. Die hatten sie dann an Freunde und Verwandte geschickt. Darin enthalten war eine Einladung in ihr frisch renoviertes Haus, wo sie in einer fröhlichen Runde ihren neuen Lebensabschnitt feiern wollten.

Magdalenas Geschwister reagierten ziemlich barsch auf die Nachricht. Während Mona wieder mit ihrem Vaterkomplex anfing und nach dem Motto, „na ja, Du kennst das ja schon" reagierte, wurde Walter, ihr älterer Bruder, reichlich patzig. Er konnte nicht verstehen, dass sie einen Mann heiratete, der fast ihr Vater sein könnte und sich dann auch noch in das Abenteuer mit dem Haus stürzte, dafür hatte er schlichtweg kein Verständnis. Ihre Mutter war zwar stiller, aber sie gratulierte den beiden immerhin und schien auch Thor in ihr Herz zu schließen. Magdalena hatte Thor schon im Frühjahr mit zu ihrer Mutter genommen und die beiden verstanden sich auf Anhieb gut, was ja auch kein Wunder war, bei seiner Ausstrahlung. Aber es fiel der Mama doch sichtlich etwas schwer, den fast Gleichaltrigen als Schwiegersohn zu sehen.

Thor hatte ja mit Lars einen Sohn aus einer früheren Verbindung, die Thor jedoch schon kurz nach der Geburt gelöst hatte. Mit Lars hatte er nur sporadisch Kontakt und Magdalena hatte ihn vor der Hochzeit noch nicht kennengelernt. Er lebte in Marburg mit seiner Freundin zusammen und die beiden erwarteten im Herbst ihr erstes Kind. Lars sagte die Einladung zur Hochzeitsfeier ab, weil es Ulla, seiner Freundin, nicht gut ging.

Und so fand die Feier eher im kleinen Kreis statt, sie gingen mit Magdalenas Mutter und einigen Freunden von Magdalena fein essen; es gab Zanderfilet mit gedünstetem Gemüse, gefolgt von einem Früchtebecher als Dessert und mehreren Flaschen Rotwein.

Im Spätsommer bezogen sie dann ihr neues, gemeinsames Haus. Thor hatte mit Hilfe von Handwerkern aus den umliegenden Dörfern wahre Wunder vollbracht. Die abgeschliffenen und geölten Fußböden glänzten und die Wände strahlten in frischem Weiß. In den letzten Jahren war Magdalena bereits viel durch die Region gereist, um die alten Möbel von Bauern zu übernehmen, die *den alten Krempel* loswerden und sich im Möbelhaus in Göttingen „modernisierten", d.h. altdeutsche Schrankwände und furnierte Küchentische kauften. Die Sachen hatte sie bei ihrer Mutter auf dem Dachboden untergestellt, natürlich immer mit dem Hintergedanken, sie irgendwann in ihrem eigenen Haus aufstellen zu können. Und so vergingen die Tage mit dem Aufbauen der Bauernschränke und anderen Einrichtungen.

Im Oktober veranstalteten sie ihre erste Vernissage in der neuen Galerie und Magdalena war über die starke Resonanz überrascht. Sie hatte Plakate entworfen und mit diversen Broschüren an der Göttinger Uni und im Kunstmuseum aufgehängt und ausgelegt und natürlich hatte sie Meyer-Bertram vom Göttinger Tageblatt angerufen und das Event angekündigt.

Die Vernissage hatten sie über ein ganzes Wochenende veranstaltet und schon am Sonnabend drängten sich die Gäste (und Kunden) in der kleinen Galerie und besichtigten staunend das schöne Gebäude und das Grundstück.

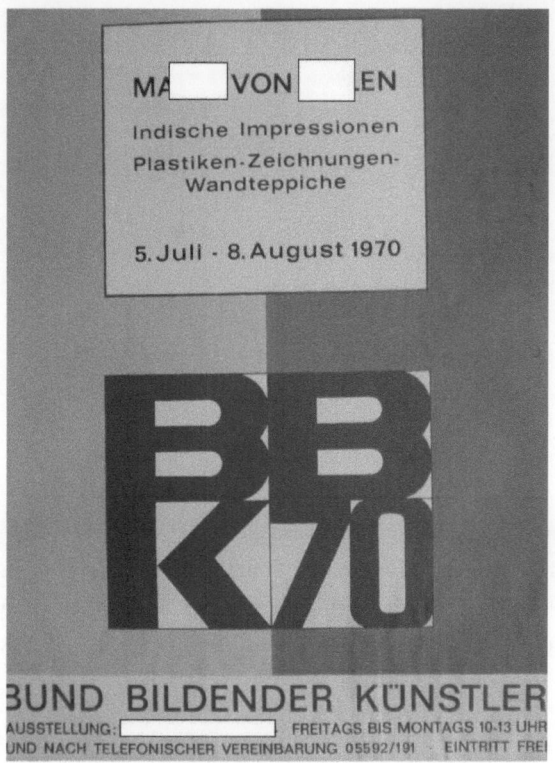

MA___ VON ___EN
Indische Impressionen
Plastiken-Zeichnungen-
Wandteppiche

5. Juli - 8. August 1970

BBK70

3UND BILDENDER KÜNSTLER
AUSSTELLUNG: _____ FREITAGS BIS MONTAGS 10-13 UHR
UND NACH TELEFONISCHER VEREINBARUNG 05592/191 EINTRITT FREI

Magdalena und Thor: Die Vernissage

Thor hatte es geschafft, die Wiese in einen kurzgeschnittenen Rasen zu verwandeln und die ganze Anlage im englischen Stil darzustellen. Verteilt standen die großen Plastiken von Magdalena und in der Innengalerie hatte Thor seine Bilder ausgestellt. Ein besonderer Blickfang waren die 3 Bilder „Familienbande", auf denen er Lars, seine Mutter Clara und sich selbst proträtiert hatte. Wunderbar hatte er seine Federzeichnungen und die Aquarelle von einer Kreuzfahrt nach Hongkong zur Geltung gebracht.

Auch Magdalena hatte Bilder ausgestellt, die Akte aus ihrer Düsseldorfer Zeit und metergroße Fotos von ihren Bronzeplastiken, die sie so geschickt fotografiert hatte, dass sie in der Perspektive wie meterhohe Statuen wirkten, während die Originale viel kleiner waren.

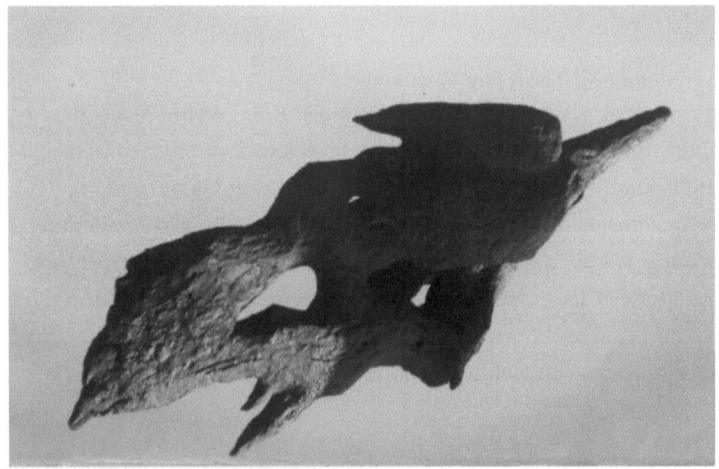

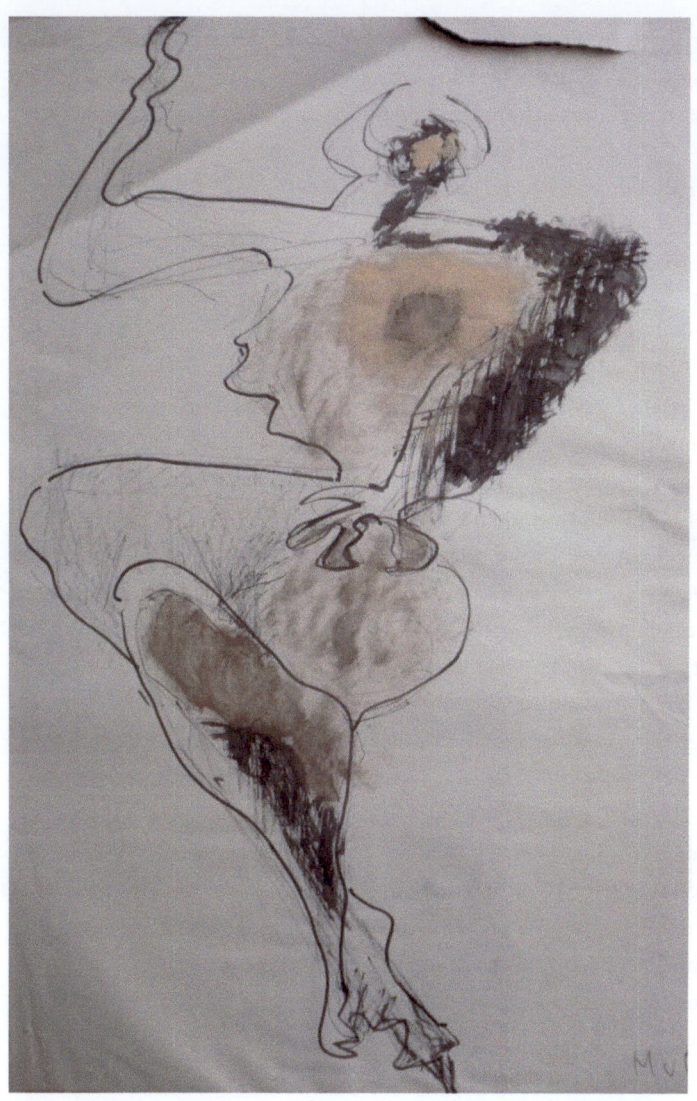

Besonderes Interesse fand ihr Àbraxas`, eine Bronzeplastik inspiriert von den Dämonen, die sie auf ihrer Mexico-Reise erleben durfte.

Magdalena hatte bei der Vernissage ein gutes Geschäft gemacht und darüber hinaus auch den Auftrag der Göttinger Uni geangelt, eine Bronzeplastik zu Ehren des Göttinger Nobelpreisträgers Otto Hahn anzufertigen. Die Büste sollte im Foyer des physikalischen Instituts ausgestellt werden. Für Thor sah die Bilanz etwas nüchterner aus. Er konnte 2 Federzeichnungen verkaufen und einige Landschaftsbilder, die Grachten in Holland darstellten und einen Dorfblick auf Kirchhofen in der Nähe von Freiburg.

Magdalena und Thor: Die Gewöhnungsphase

Der Erfolg bei der Vernissage, der auch in einem gebührenden Artikel im Göttinger Tageblatt gewürdigt wurde, löste bei Magdalena eine Phase der Schaffenskraft aus und sie arbeitete bis zum Umfallen im Atelier oder in Zusammenarbeit mit den Gießereien, die ihre Bronzeplastiken gossen. Von den ersten Einnahmen kaufte sie einen Brennofen, damit sie auch Tonstatuen selbst brennen konnte, was ihr Geschäft weiter beflügelte.

Thor kam bei dieser jugendlichen Energie nicht mehr so ganz hinterher. Er zog sich immer mehr in den Garten zurück, in den er Natursteinwege verlegte und in dem er einen Pavillon im Stile des Art Deco selbst entwarf und zusammenschweißte. Den Wendebach, der am Grundstücksrand verlief, zwang er zu einem kleinen Umweg über das Grundstück, so dass der naturnahe Charakter noch besser zur Geltung kam.

Im Herbst war *Jens*, das Kind von Lars und Ulla zur Welt gekommen. Einige Wochen danach hatten die beiden geheiratet, aber Magdalena und Thor waren nicht zu der Feier eingeladen. Lars wollte wohl vermeiden, dass Thor mit Lars Mutter zusammentraf. Aber das reimte sich Magdalena nur so zusammen. Thor schwieg sich über das Thema aus und zeigte, wie Magdalena fand, überhaupt nur recht wenig, um nicht zu sagen, gar kein Interesse an seinem Sohn und dessen junger Familie.

Zur Hochzeit hatte Magdalena eine Bronzeplastik à la „Abraxas" kreiert und dem jungen Paar mit einer schönen Karte geschickt. Thor hatte sich immerhin hinreißen lassen, die Karte zu unterschreiben, aber mürrisch und ohne sie zu lesen. Magdalena lud Lars und Ulla zu sich ein und tatsächlich kamen die beiden an einem Sonntag zu Besuch. Magdalena hatte sich Lars ganz anders vorgestellt, denn sie kannte ihn ja nur von dem Bild aus den „Familienbanden". Lars war das jüngere Abbild seines Vaters, ein großer, sportlicher Mann mit vollen blonden Haaren und stahlblauen Augen. Allerdings hatte er nicht die Eleganz, auf die Thor so großen Wert legte und die er durch entsprechende Kleidung und seine Frisur mit dem Moustache hervorhob. Lars war mehr der Cordhosenträger, aber er gehörte ja auch einer jüngeren Generation an. Magdalena konnte mit diesem Stil nicht besonders viel anfangen. Sie liebte die lässige Eleganz und Thor verkörperte genau diesen Stil.

Bei dem Besuch sprachen Lars und sein Vater mehr oder weniger kein Wort miteinander. Thor strich dem Baby über den Kopf, aber damit war sein Interesse an dem Kleinen auch schon erledigt. Magdalena verstand sich aber gut mit Ulla und so sorgten die Beiden dafür, dass so etwas wie ein Gespräch in Gang kam.

Nachdem alle wieder abgereist waren, fragte sie Thor, ob es einen Grund gäbe, warum er so kurz angebunden sei. Das wäre doch sonst auch nicht seine Art. Normalerweise war Thor ein Menschenfänger. Er war unglaublich aufmerksam und charmant und seine Wirkung auf Frauen hatte sie ja am eigenen Leibe erlebt. Wenn Thor in den Raum trat, bündelte er sofort die Blicke aller Anwesenden auf sich und das genoss er natürlich auch. Eine gewisse Eitelkeit war ihm gewiss nicht abzusprechen.

Aber Thor wollte nicht mit ihr über sein gestörtes Verhältnis zu Lars reden. Sie wollte ihn auch nicht nötigen sein Inneres nach außen zu wenden, vielleicht brauchte er noch etwas Zeit dafür.

Chante, chante

Chante, chante… Roger fand es spaßig, wie sich diese Waschlappen vor Angst windeten. Früher musste er sich mit einer Pickelhaube auf dem Kopf vor ihnen zum Affen machen und sie hatten ihn ausgebuht und voller Lust beschimpft. Jetzt konnten wir den Spieß umdrehen. Harms legte diesem kleinen Wurm die verkabelten Armfesseln an und drehte langsam des Saft auf, während Roger die Komposition von Casimir Oberfeld anstimmte „Maréchal, nous voilà,…". Der Mann wand sich. Roger fand sein Auftreten schon unverschämt, als er hereingeführt wurde. Er spottete abfällig über „ach, so sieht man sich wieder" bis hin zu „Provinzschauspieler" und "das war ja damals schon klar, Ihr Moffen seid doch alle gleich". So rotzte er seine

Frechheiten in den Raum, bis Roger dem Spiel ein Ende setzte. Dieser Arsch hatte ihn tatsächlich erkannt und meinte, die Zeiten hätten sich nicht geändert. „Weit gefehlt, mein Freund" setzte Roger an und schlug ihm mit einem Schlagring mitten ins Gesicht. Blut schoss aus der Nase. Dann setzte er sich ans Klavier.

Während Roger das Lied weiterspielte drehte Harms den Strom weiter auf, bis dieses Subjekt sich wand wie ein Aal und anfing zu schreien. Er hatte sich in die Hose gemacht.

Roger setzte das Spiel aus und fragte nonchalant lächelnd, ob er irgendwas zu sagen hätte. „Ja. Ja, das war eben nicht so gemeint, ich nehme das zurück. Nein, nicht wieder aufdrehen, ich entschuldige mich." Roger fand das zu wenig: „das könnte jetzt mit etwas mehr Inbrunst kommen, pardon, aber da fehlt mir noch etwas das Inspirierende. Außerdem fängt es hier an zu stinken". Harms drehte auf Rogers Wink hin den Generator wieder auf und ihr Klient fing an zu zappeln und um Vergebung zu winseln. Harms band ihn los und Roger bedeutete ihn, vor ihm niederzuknien und um Vergebung zu betteln. Das tat der dann auch. Er kniete mit seiner nassen Hose nieder und winselte um Pardon. Wie armselig. Roger forderte ihn auf aufzustehen. Harms durchschnitt mit einem Messer die Kordel, die die nasse Hose dieses Geschmeißes zusammenhielt. Sie rutschte jetzt auf seine Knöchel. Roger befahl ihm, das Gestankteil komplett auszuziehen und Harms beeilte sich, die vollgepissten Sachen in einer Mülltonne zu entsorgen. Roger schlug erneut zu, wieder ins Gesicht und diesmal knackte die Nase. Sie hing ihm schief im Gesicht. „So und nun zur Sache, du französisches Arschloch, …" Sie hatten hier einen Vorgang zu klären, und Roger hatte nicht vor, sich hier von so einem Kerl ohne Hosen vorführen zu lassen. Er fing sofort an reden und am Ende hatten sie alle Informationen, die Berlin sich wünschte. Das Verhör dauerte noch ein paar Stunden und am Ende lies Roger Gnade walten und schoss ihm zwischen die Augen, nachdem er ihm die Knarre ein oder zwei Minuten genüsslich vor die Augen gehalten hatte. In der Zeit hatte dieser Jammerlappen um Gnade gebettet und Roger tat schließlich nichts anderes als Gnade zu gewähren. Harms entsorgte den leblosen Körper in der Grube im Wald, die sie extra für diesen Zweck ausgehoben hatten.

Beginn der 70er. Magdalena und Thor: Der Alltag

Nachdem sie in die Galerie am Wendebach eingezogen waren, hatte Magdalena tatsächlich eine bisher nicht gekannte Schaffenskraft entwickelt. Thor hielt ihr in der ersten Zeit alle Alltagssorgen vom Leib und sie konnte sich voll und ganz der Bildhauerei widmen. Die Abraxas-Serie wurde von ihr vervollständigt und auch die Tonplastiken wurden größer und raumgreifender. Die Galerie war relativ gut besucht; und fast an jedem Wochenende kamen Gruppen oder einzelne Kunstinteressierte. Magdalena hatte sich an die Göttinger Fremdenverkehrsinformation gewandt und die waren froh, dass mit der Galerie ein Anreiz geschaffen wurde, die sonst so verlassene Region am Zonenrand attraktiver zu machen. Ihre Flyer wurden im Tourismusbüro der Stadt ausgelegt und sie konnte dort auch die Plakate platzieren, mit der sie Werbung für die Galerie machte. Für das Plakat hatte sie eine eigene Schriftart entwickelt, kubistisch und ohne Serifen, aber als Alleinstellungsmerkmal hatte sie die Außenlinien einiger Buchstaben miteinander verbunden und in grellem Rot dargestellt.

Diese Extravaganz mit einer Anlehnung an die populäre *pop art*
machte die Leute neugierig und immerhin ließ sich ein Ausflug zum
Wendebach mit einer Einkehr bei Jenners verbinden. Gasthaus Jenner
war seit jeher eine Institution und ein gern besuchtes Ausflugsziel.
Frau Jenner hatte es verstanden, die heimelige Gastlichkeit zu
erhalten und ihre verhältnismäßig günstige, aber ausgesprochen
leckere gutbürgerliche Küche lockte so manche Familie oder
Wandergruppe in die Gegend. Die unmittelbare Nachbarschaft zum
Gasthaus, in dem sie natürlich auch ihre Plakate aufgehängt hatte,
sorgte für zahlreiche Galeriebesuche. Thor engagierte sich nicht so in

der Galerie, er fand, dass das Publikum meist nicht seinen Ansprüchen an Kunstkenntnis genügte und machte Magdalena einige Vorwürfe, sich folkloristisch an Kunstbanausen auszuliefern. Aber Magdalena setzte ihre Linie durch. Für Gruppen, die zwar neugierig auf die Galerie am Rande des Grenzzauns waren, aber die nicht unbedingt darauf aus waren, größere Kunstwerke zu erstehen, hatte sie Miniaturbilder angefertigt, teils mit abstrakten Motiven oder auch einfach nur als Farbkomposition. Darüber hinaus fertigte sie auch kleinere Plastiken an, die das Tagesgeschäft merklich intensivierten. Mit der Zeit hatte sich die Galerie zu einem florierenden Kleinod entwickelt und Magdalena war, verbunden mit den größeren Aufträgen, richtig gut im Geschäft.

Es kamen mit der Zeit auch Anfragen von anderen Göttinger Künstlern, die ihre Werke gern in der Galerie ausstellen und auch verkaufen wollten. Magdalena war begeistert und trotz einigem Murren von Thor bildete sich bald ein Künstlerkreis, der sich gegenseitig inspirierte und motivierte. Bald hatten sie ein Platzproblem in der Galerie, aber in jedem Frühsommer und nochmals im September veranstalteten sie ein Galeriefest, zu dem sie auch andere Künstler einlud, ihre Werke auszustellen. Nach anfänglichen Schwierigkeiten sprach sich aber die Verbindung von hochwertigem Kunstgenuss mit den kulinarischen Genüssen von Frau Jenner in der Region herum und die Feste wurden zu kulturellen und, was Magdalena nicht ganz unwichtig fand, auch zu monetären Höhepunkten des Jahres. Thor war anfangs noch stark gegen die Exponiertheit auf den Festen und auch von der Kunst der anderen hielt er nicht allzu viel. Er empfand sich als „Künstler der Avantgarde" und nicht so sehr als Kunsthandwerker. Magdalena hingegen hielt nicht viel von solchen Kategorien. Sie malte und entwarf „Schönheit" und da war es ihr herzlich egal, in welcher künstlerischen Schublade sie einsortiert wurde. Sie wollte, dass ihre Kunst anderen gefiel und nicht zuletzt ging es ja auch immer noch um den Verkauf. Es machte ihr Freude, wenn ihre Werke, so klein sie auch sein mochten, gekauft wurden. Das gab ihr die Bestätigung, etwas Schönes zu erschaffen. Der Gedanke, dass die Menschen die Bilder und Skulpturen in ihren eigenen vier Wänden „ausstellten" fand sie toll, jedoch war das zunehmend im Gegensatz zur Auffassung von Thor, der doch mehr auf die großen Ausstellungshallen in Mailand, Wien oder München fixiert war. Bei der Festen war Thor dann aber doch ganz in seinem Element und unterhielt die Gästeschar mit Ansprachen über die großen Kunstrichtungen, insbesondere natürlich über den Expressionismus und damit dem Genre, in dem er sich verwirklichen konnte. Thor hatte ein unfassbares Talent, die Leute zu unterhalten und trotz seiner anfänglichen Skepsis trug er doch maßgeblich zum Erfolg der Veranstaltungen bei. Oft setzte er sich an den Flügel und spielte Episoden aus den 4 Jahreszeiten von Vivaldi, während die Gäste durch seinen englischen Garten lustwandelten und nebenbei Magdalenas Produkte erwarben.

Während sie die Galerie am Anfang noch als Gemeinschaftsprojekt gestartet hatten, verlagerte sich der Umsatz doch recht einseitig auf die Werke von Magdalena. Sie produzierte immerwährend neue Kreationen und einige besonders beliebte Stücke gab sie sogar in eine Art Serienproduktion, ebenso wie ihre Poster mit den Abraxas-Motiven und der Magdalenaschen Schriftart.

Thor war im ersten Jahr noch ihr begeistertster Fan, allerdings schlich sich, erst noch unmerklich, eine gewisse Lethargie bei ihm ein. Abgesehen von einigen Unikaten konnte er wenig verkaufen und einen Seriendruck etwa der Federzeichnungen aus Fernasien lehnte er ab.

Fast hatte Magdalena den Eindruck, dass er seine Zeichnungen lieber selbst behalten wollte, als sie „unter Preis" anzubieten und dann noch Leuten zu verkaufen, die von Kunst schlichtweg keine Ahnung hatten. Einerseits bewunderte sie seinen Stolz, aber auf der anderen Seite musste es doch auch für Kunst immer ein Publikum geben und wie sollte das gehen, wenn man zwar fantastische Bilder malte; sich aber zierte, sie an andere abzugeben.

Damit kamen sie auch mit der Zeit an einen anderen wunden Punkt, der zunehmend ihre Beziehung belastete. Während Magdalena immer mehr verdiente, hatte Thor faktisch kein eigenes Einkommen. Sicher, er unterstützte sie bei allen praktischen Angelegenheiten und gab ihr Freiräume für die Kunst. Aber Magdalena empfand es auch zunehmend als Problem, dass Thor mit von ihren Einnahmen lebte, und das mit einer Nonchalance, als würde nur er den Laden am Laufen halten. Es war schwierig, das Thema bei ihm anzusprechen und es war auch schwierig, schließlich war Thor kein junger Mann mehr, der sich etwa einen Zusatzverdienst hätte schaffen können. Irgendwann fand sie es jedoch wichtig, dass sie auch diesen Punkt einmal miteinander besprachen. Thor bekam jedoch sofort einen rasenden Wutanfall und machte Magdalena Vorwürfe, dass sie sich mit ihrem Geschäft auf unwürdigste Weise dem gemeinen Durchschnitt anpassen würde und das wäre eindeutig nicht sein Stil.

Als sie schließlich ansprach, ob er nicht einen Rentenantrag stellen wolle, wurde ihr klar, dass sie gar nicht wusste, ob er jemals überhaupt in so etwas wie eine Rentenkasse eingezahlt hätte. Auch das fand er eindeutig unter seiner Würde, schließlich ginge ein Künstler seiner Klasse nicht einfach schnöde in Rente. Aber Magdalena ließ nicht locker. Immerhin war er im Sommer'73 65 Jahre alt geworden und wenn er denn irgendeinen Anspruch hätte, dann fand sie es überhaupt nicht würdelos, auch den Rentenantrag zu stellen. Das fand sie eigentlich ganz normal, aber sie sah Thor die Kränkung an, die er empfand, wenn sie ihn, wenn auch zwangsläufig, an ihren Altersunterschied erinnerte.

Nachdem Thor auch nach weiteren zwei Monaten keinerlei Anstalten machte, sich mit Hilfe eines einfach gestellten Antrags die Rente zu sichern, ging sie selbst zur Landesanstalt und holte den Antrag. Sie füllte die Felder aus, so gut es ihr möglich war, aber bei den Details zu seinen Tätigkeiten fiel ihr auf, wie wenig sie doch von Thor wusste, zumindest über die Zeit, bevor sie sich in Italien so Knall auf Fall in ihn verliebt hatte. Thor mauerte bei all ihren Fragen, bis ihr schließlich der Kragen platzte.

„Thor, was soll das? Du wirst doch wohl wissen, wann Du in diese beschissene Rentenkasse eingezahlt hast. Und im Krieg warst du Soldat; alle anderen, die ich kenne haben ihre Ansprüche daraus längst geltend gemacht. Die verdammten Nazis haben Dir Deine besten Jahre geraubt und Du willst Dich hier ein zweites Mal bescheißen lassen? Ach was, Du willst Dich hier selbst bescheißen." Thor war erschrocken über Magdalenas Anwürfe. Solche Worte hatte er von ihr noch nicht gehört. Aber sie kam jetzt erst richtig in Fahrt. Sie machte ihm Vorwürfe, dass er sich nicht einbringe, zumindest nicht mit einer einzigen selbstverdienten Mark. Seit Jahren würde sie den Laden schmeißen und –ja- er würde sie ja auch toll unterstützen und letztlich wäre ihr Geld ja auch seines, aber trotzdem. Hier war ein Punkt erreicht und hatte „keinen Nerv", sich weiter allein um alles Finanzielle zu kümmern, während er es sich auf ihre Kosten gut gehen ließe. Magdalena wurde laut und fing an zu flennen, schließlich verließ sie krachend das Haus und fuhr zu ihrer Mutter. Sie hatte die Schnauze gestrichen voll.

Nach einigen Tagen kehrte sie zurück und war völlig überrascht, als Thor ihr eröffnete, dass er den Antrag gestellt hätte und dass er Angst darum hätte, dass sie ihn verlassen würde. Er nannte sie die „Liebe seines Lebens" und er würde alles tun, damit alles wieder so würde wie vorher. Für den Abend lud er sie zum Essen in den Calenberger Hof nach Göttingen ein und schließlich flanierten sie noch lange durch Göttingen, bis sie schließlich nach einigen Gläsern Rotwein beim neueröffneten Italiener in ihre Galerie zurückfuhren.

Thor hatte ihr das Herz ausgeschüttet, wie schwer ihm alles fallen würde. Da war zunächst die Sache mit seinem Alter, die ihm schwer zu schaffen machte. Er fühlte sich einfach noch nicht so alt und allein der Gedanke an so etwas wie Rente war ihm völlig zuwider. Er war einfach noch nicht so weit und hatte doch noch so viel Energie und dieser Gedanke, dass er nun als Rentner zum alten Eisen gehören würde, wäre zutiefst deprimierend für ihn. Und dann wäre die ganze Kriegszeit wieder hoch gekommen, mit der er doch eigentlich völlig abgeschlossen hatte.

Früher

Früher in seiner Zeit als Schauspieler und Künstler in Frankreich hatte er natürlich nicht einen einzigen Gedanken daran verschwendet, dass er jemals ins Rentenalter kommen würde. Und in der Zeit nach dem Krieg leider auch nicht. Er war freischaffender Künstler und so war auch sein Selbstbild. Thor war stolz darauf, dass er sich, abgesehen von der unglücklichen Episode in Marburg, niemals als spießiger Angestellter verdingt hatte, der sein Leben nur nach einer schnöden Versorgung ausrichtete und dabei intellektuell tot wäre. Nein, dieses Leben hatte er nie gelebt und er fand es bemitleidenswert, wenn er die toten Seelen seiner Altersgenossen sah, die doch mit seinem Anspruch an das Leben so wenig gemein hatten.

Und im Krieg war er zwar trotz seiner pazifistischen Grundeinstellung Soldat gewesen. Aber er war gezwungen worden, als sie ihn zur Wehrmacht eingezogen hatten. Als Soldat hatte er sich lange verweigert, weil er sich nicht zum Werkzeug dieser verfluchten Faschisten machen lassen wollte. Das hatte er damals schon erkannt, als alle anderen noch mit großem Hurra diesen Verbrechern hinterherliefen. Keinen einzigen Schuss hatte er abgegeben und schließlich als Sanitäter die Verletzten versorgt und die Toten begraben müssen. Welch einen Schmerz er damals durchmachen musste, dass konnte Magdalena gar nicht im Ansatz erahnen. Dieser Gewissenskonflikt, für dieses verbrecherische Regime seinen Kopf hinhalten zu müssen und in einer Besatzeruniform in seinem geliebten Frankreich herumzulaufen. Er hatte sich selbst dafür gehasst und gehasst hatte er auch diesen verfluchten Adolf Hitler und mit ihm die ganze deutsche Meute, die ihm so willfährig hinterhergelaufen ist. „Du hast es ja nur als Kind erlebt, dieses Grauen und diese deutschen Fratzen, die meinten, sie wären die Herren der Welt. Sei froh, dass Du es nicht selbst als Erwachsene erleben musstest, diese Unterdrückung der freien Völker Europas und die Verletzung der Würde von allen Opfern. Ich musste selbst mit ansehen, wie die Juden in Frankreich zusammengetrieben wurden und konnte doch nichts dagegen unternehmen. Was hätte ich denn als Einzelner tun können? Schließlich ging es auch um mein eigenes Leben und jede Hilfe für die armen Franzosen wurde sofort mit dem Tod bestraft." So wurde Thor selbst zum Opfer und das Schlimmste war die anschließende Gefangenschaft, in die er völlig unschuldig geraten war.

Gegen Kriegsende wurden sie zur Bewachung eines Munitionsdepots abkommandiert und waren Angriffen der französischen Resistance ausgesetzt. Thor hatte, wie gesagt, selbst keinen einzigen Schuss abgegeben, dass hätte er niemals gemacht. Aber bei dem Angriff kamen viele Franzosen um und danach haben sie ausgerechnet an ihm ein Exempel statuiert und ihn für Jahre eingesperrt. Thor weinte bei den Erinnerungen. Er hatte damals damit abgeschlossen und wollte nie wieder französischen Boden betreten und er wollte auch nie wieder an diese dunklen Jahre erinnert werden.

Magdalena und Thor: Und die Jahre ziehen ins Land
Magdalena weinte auch bei der Vorstellung, dass ihr Thor so lange leiden musste und sie hatte ein furchtbar schlechtes Gewissen, dass sie diese tiefen Gefühle in ihm ausgelöst hatte. Unter Tränen bat sie ihn um Verzeihung, all das hatte sie ja gar nicht gewusst. Ja, sie liebte ihn mehr als je zuvor und war gerührt von seiner Offenheit und dass er in der Lage war, ihr seine Gefühle so offen und ehrlich zu zeigen. Aber sie fand auch, dass die Rente, die er jetzt erwarten konnte, als eine späte Wiedergutmachung ansehen könne. So hatte er das noch nie gesehen, aber es versöhnte ihn ein wenig.

Nach einigen Tagen lag der Rentenbescheid in der Post. Magdalena war morgens in der Gießerei und als sie nachmittags nach Hause kam, empfing er sie mit einem Strauß roter Rosen. Sie hatten ihm für seine Zeit als Kunstlehrer in Marburg und die Zeit bei der Wehrmacht und in Gefangenschaft 372 Mark bewilligt und nun konnte er damit auch zum Unterhalt beisteuern. Sie hatte ihm klar gemacht, dass das ja niemals das Ende seiner Schaffenskraft bedeuten würde und dass sie ihn immer unterstützen würde und bestimmt würde er bald seine Bilder gut verkaufen können. Sie standen Kokoschkas Werken schließlich in nichts nach, nur mit dem ärgerlichen Unterschied, dass dessen Werke zu Höchstpreisen gehandelt wurden, während er hier zum zweiten Mal zum Opfer gemacht wurde, weil er eben in Hitlerdeutschland nur passiven Widerstand geleistet hatte und dafür so furchtbar bestraft wurde. Was für eine Tragik.

Ihre Liebe war tiefer als je zuvor. Magdalena hatte das Gefühl, dass er ihr sein tiefstes Inneres geöffnet hatte und empfand das als einen unglaublichen Vertrauensbeweis. In seiner Nähe fühlte sie sich so geborgen und trotzdem empfand sie tiefes Mitleid mit ihm, dem die Nazis und später die Franzosen so übel mitgespielt hatten. Er war so verletzlich und sie schwor sich, dass sie diese Verletzlichkeit nie wieder mit ihren unbedachten Worten an die Oberfläche holen würde. Was für eine Nebensächlichkeit war da doch diese blöde Rente. Na gut, jetzt bekam er sie und das war ja auch ein Beitrag für ihre gemeinsame Haushaltskasse. Aber eigentlich brauchten sie sie ja wirklich nicht und sie hatten es doch gut. Die Galerie lief prächtig und sie verkaufte eine Skulptur nach der anderen. Alles was sie produzierte, wurde ihr aus der Hand gerissen und das alles hatte sie nur für ein paar lächerliche Mark Rente so gedankenlos aufs Spiel gesetzt. Sie schwor sich selbst und Thor, dass sich so etwas nie wiederholen würde. Wie blind war sie eigentlich gewesen, dass sie so kleinlich auf seinen Gefühlen herumgehackt hatte. Aber sie war auch glücklich, dass sie einen so gefühlvollen Mann wie Thor hatte und ihre Beziehung war schöner und tiefer als je zuvor.

Aber die Zeit bleibt nicht stehen und es folgte ein wirklich schwieriges Jahr. Im Winter wurde Madgalenas Mutter krank und die Ärzte konnten nicht sagen was sie genau hatte. Es wurde ein Bauchspeicheldrüsenkrebs vermutet und der Verlauf war furchtbar tragisch. Sie aß nichts mehr und hatte überhaupt keine Energie mehr für nichts. Magdalena fuhr jeden Tag zu ihr hin und als es immer schlimmer wurde, zog sie wieder bei ihr ein, um sie pflegen zu können. Früher war Mutter eine stattliche Frau gewesen, aber jetzt magerte sie immer mehr zu einem Häufchen Elend ab. Dazu kam irgendwann noch eine Gelbsucht und raubte ihr das letzte bisschen Lebensmut. Einige Wochen lang lag sie nur noch im Bett und nach und nach verließen sie auch ihre geistigen Kräfte. Im April lag sie dann eines morgens tot in ihrem Bett. Magdalena war voll tiefster Trauer über ihre geliebte Mutter, aber sie sah auch, dass der Tod am Ende eine Erlösung war.

Als die Mutter krank war, waren ihre Geschwister ab und zu vorbeigekommen, Mona doch etwas öfter als Walter, der sich nur einmal allein mit seinen beiden Söhnen hatte blicken lassen und das obwohl die Mutter doch so sehr an ihren beiden Enkeln gehangen hatte.

Nun gut, sie wohnten ja auch nicht gerade um die Ecke. Mona war mit ihrem Mann nach Gütersloh gezogen und *Walter* wohnte mit seiner Familie in Frankfurt. Walters Frau, *Roswitha*, hatte sich nie mit ihrer Schwiegermutter verstanden. Sie hatte aber auch die Söhne von ihr ferngehalten und damit Magdalenas Mutter nahezu das Herz gebrochen.

Zur Beerdigung waren sie dann aber doch alle gekommen und am Grab lagen sich Magdalena, Mona und Walter in den Armen und weinten gemeinsam. Thor hatte sich bewusst im Hintergrund gehalten, um die Gefühle von Mona und Walter nicht zu sehr zu strapazieren und Magdalena hatte großen Respekt vor dieser versöhnlichen Geste. Die Totenfeier in einem Café am Friedhof war unvermeidlich. Sie verköstigten die Nachbarn und weiteren Verwandten – auch Jenners waren gekommen – mit (das ist bei niedersächsischen Beerdigungen wohl unvermeidlich) Zuckerkuche,n in Kombination mit Mettbrötchen und einigen Tassen viel zu starkem Kaffee; gefolgt von diversen Gläsern Bier.

Mama hätte es sich genau so gewünscht.

Die drei Geschwister hatten sich schnell über die Aufteilung des kleinen Erbes geeinigt. Walter wollte die Möbel aus der Wohnung übernehmen und Mona und Magdalena teilten sich den Schmuck auf. Die Mutter hatte ein paar tausend Mark gespart. Davon sollten Markus und Gerd, die Söhne von Walter, jeder 1.000 Mark bekommen und den Rest sollte Magdalena behalten. Sie hatte sich ja auch um die Mutter gekümmert und die Großzügigkeit der Geschwister rührte Magdalena sehr.

Bevor ihre Mutter krank wurde, hatten Thor und sie immer wieder den Versuch unternommen, eine gemeinsame Reise etwa nach Italien zu unternehmen, damit sie auch mal aus Göttingen herauskam. Aber Mama wollte nicht wirklich und fand immer wieder eine Ausrede, bis es dann zu spät war. Auch im Andenken daran und auch, um nach den schweren Monaten der Pflege so etwas wie einen Tapetenwechsel zu haben, unternahmen sie von dem geerbten Geld eine schöne Reise nach Florenz, Venedig, Rom und Neapel, wo sie insgesamt die ganzen Stätten ihrer Bewunderung besuchten.

Tagelang streiften sie in Florenz durch die Uffizien und sogar Thor fing wieder an zu malen, indem er tagelang auf dem Plaza del Michelangelo stand und eine Stadtsicht nach der anderen in Öl fasste. Magdalena bewunderte dabei sein fantastisches Talent, dass er doch zu Hause so gar nicht mehr nutzte. Die Bilder waren abstrakt und detailgenau zugleich und gaben eine wunderbare Aussicht auf Florenz mit dem Dom als herausragendes architektonisches Wahrzeichen wieder.

`Nach Florenz besuchten sie Thors alten Freund Giovanni und hatten ein paar amüsante Tage mit reichlich Vino tinto in den Bergen von Volterra, bevor sie nach Rom weiterreisten. Hier bewunderten sie die touristischen Attraktionen, den Treveri-Brunnen, das Collosseum und Petersdom und so vieles mehr. Rom war die Hauptstadt der Kunst und der Klassik und besonders Magdalena hatte in ihrer gesamten künstlerischen Laufbahn doch immer wieder diese Elemente in ihre Werke einfließen lassen. Zum Abschluss ihrer Reise besuchten sie *noch Neapel, was mit einem Besuch von Pompeji einen abschließenden Höhepunkt setzte. Dann folgte die Heimreise im Zug. Eine Reise mit dem Auto – nachdem der Giulia vom TÜV auf den Autofriedhof geschickt wurde, hatten sie sich einen Simca gekauft – war ihnen doch zu anstrengend erschienen.* Und so hatten sie sich für eine Zugreise entschieden und das war eine gute Entscheidung, wie Magdalena fand. Zwar konnten sie die Bilder von Thor nicht transportieren, aber sie gaben alles bei der Post auf und adressierten die Sendung an Jenners, damit sie sie nach der Fahrt sicher in Empfang nehmen konnten.

Wieder zurück, stürzte sich Magdalena erneut in die Arbeit und Thor nahm mit voller Energie wieder die Gartenarbeit auf, in der er sich eine Weile verwirklichte. Aber Magdalena spürte auch sein zunehmendes Alter. Immer wieder vergaß er Dinge im Alltäglichen und mit der Zeit stand er immer erst mittags auf. Regelmäßig war er am frühen Abend schon betrunken, besonders an Tagen, an denen sie arbeitsmäßig unterwegs war. In Italien hatte sie sich noch in der Gewissheit gewiegt, dass die Reise ihnen beiden einen neuen Schwung geben würde, aber Thor verfiel wieder in diese stumpfe Lethargie, die ihn auch in den letzten Jahren immer wieder runtergezogen hatte. Abends betrank er sich mit Rotwein und wenn Magdalena vorsichtig darüber schimpfte, verschwand er immer wieder und fuhr wohl irgendwohin, um sich in einer einsamen Kneipe oder wo auch immer seiner zunehmenden Schwermut hinzugeben. Dazu kam die Dunkelheit des Winters, die auch Magdalena schon immer zu schaffen gemacht hatte. Thor wurde mit den kürzer werdenden Tagen immer stiller und der Rotwein tat seinen Beitrag zu dieser Melancholie. Kurz vor Weihnachten kam dann der Schock, als Thor nachts in Göttingen eine rote Ampel übersah und einen Fußgänger überfuhr. Hinter einer Kreuzung krachte er mit dem Simca in ein parkendes Auto und das Chaos war perfekt. Der Fußgänger hatte mehrere Brüche davongetragen und Thor wurde natürlich sofort der Führerschein abgenommen. Der Simca war Schrott und auch das andere Auto hatte einen Totalschaden, den sie selbst zahlen mussten, denn angesichts von 1,7 Promille, die sie in Thors Blut gemessen hatten, weigerte sich die Versicherung, auch nur einen Pfennig zu zahlen. Dazu kam dann noch der Prozess und Schadensersatz und am Ende mussten sie mehr als 10.000 Mark zahlen. Thor war am Boden zerstört über das Geschehen. Wie hatte ihm das bloß passieren können. Was für eine

Schande. Magdalena kam zwar für alle Kosten auf, aber er stand tief in ihrer Schuld. Thor war regelrecht traumatisiert. Die folgenden Wochen waren der reine Horror. Er war jeglicher Mobilität beraubt und das war nun wirklich ein Problem. Magdalena kaufte sich zwar einen neuen Käfer, aber was nutzte es Thor, mit seiner Führerscheinsperre, immerhin für zwei Jahre. Er fiel völlig in ein tiefes, schwarzes Loch und auch seine Stimmung war auf einem absoluten Tiefpunkt. Seine Launen reagierte er immer mehr an Magdalena aus, die das am Anfang noch geduldig hinnahm. Mit der Zeit stritten sie jedoch immer häufiger. Thor soff inzwischen regelrecht und es war eher die Regel, dass er am Nachmittag schon die erste Flasche Rotwein intus hatte. Wenn Magdalena nicht zu Hause war und es wollte jemand die Galerie besuchen, dann verschreckte er die potentielle Kundschaft mit Forderungen nach 20 Mark Eintritt oder er scheuchte sie unter wüsten Beschimpfungen regelrecht vom Hof.

Das sprach sich leider auch in der interessierten Kunstszene herum und mit der Zeit kamen immer weniger Gäste in ihre Galerie. Auch Frau Jenner hatte Thors Zustand registriert. Schließlich vergraulte er auch ihr schon die Gäste und es war Magdalena ganz unangenehm, als sie sie darauf ansprach. Sie wiegelte ab und versuchte ihre eigene Hilflosigkeit zu überspielen, aber das Gesicht von Frau Jenner zeigte deutlich ihre Skepsis.

Mit der Zeit wurde Thor zunehmend aggressiv gegen alle, aber besonders auch gegen Magdalena. Alle Versuche, ihn auf seine Stimmungen anzusprechen, endeten in einem wüsten Streit, in dem er ihr Vorhaltungen machte, sie hätte als Künstlerin keine Würde und würde sich bei den Bauern anbiedern, und er wäre das verkannte Genie, aber er würde es noch allen zeigen und dann könnte Magdalena mit ihrem Krempel einpacken, den sie Kunst nannte. Magdalena fühlte sich elend. Thor versuchte, sie zu demütigen und behandelte sie wie den letzten Dreck. Dabei hatte er im ganzen letzten Jahr kein einziges Bild mehr verkauft, geschweige denn ein neues gemalt. Im Haus ließ er alles liegen und stehen und die Galerie machte er erst gar nicht mehr auf. Und wenn Magdalena den Rasen nicht inzwischen selbst mähen würde, dass stünde das Gras inzwischen hüfthoch. Thor ließ sich komplett hängen und seine Ausfälle und Launen wurden mit der Zeit immer unerträglicher. Um sich dieser Hölle wenigstens zeitweise zu entziehen, nahm Magdalena das Angebot von Jakob, einem Freund in Göttingen an, eine Atelier-Kooperative zu gründen. Dort teilten sich mehrere Künstler ein Atelier, um sich gegenseitig zu inspirieren und zu ergänzen und auch um Gemeinschaftswerke zu schaffen.

Die Kooperative

Thor machte das rasend. Um ihn nicht vollständig zu übergehen, hatte Magdalena ihn eingeladen, auch mitzumachen, obwohl sie die Antwort schon kannte, bevor sie ihn überhaupt gefragt hatte. Jakob war zu allem Überfluss auch etwas jünger als Magdalena und das löste bei Thor eine Eifersuchtsattacke aus, die sich gewaschen hatte. Er beschimpfte Magdalena als billiges Flittchen, die einem dahergelaufenen Crétin (er meinte Jakob) hinterherlaufe und so weiter. Tatsächlich hatte sich Magdalena ein wenig in Jakob verguckt und wäre einer Affäre bestimmt nicht abgeneigt gewesen. Mit der Zeit sehnte sie sich nach etwas Nähe und auch Trost, denn die Beziehung zu Thor war inzwischen auf einem absoluten Nullpunkt angekommen.

Aber Jakob war schwul, auch wenn er das nicht öffentlich zugab, sonst wäre er wohl ziemlich in Schwierigkeiten geraten. Aber in ihrer Kooperative bestand auch in dieser Hinsicht eine völlige Offenheit. Allerdings machte es das für Magdalena auch nicht einfacher. Jakob umgab eine Aura, die die viele schwule Männer umgibt, diese Aufgeschlossenheit und das Einfühlungsvermögen gegenüber Frauen und zugleich ihre absolute Nicht-Erreichbarkeit in allem, was über eine platonische Freundschaft hinausgeht. Das schaffte Sehnsüchte, die nie in Erfüllung gehen sollten. Die aber auch nicht aufhörten, zu existieren.

Gegenüber Thor erwähnte sie das alles mit keinem Wort, denn das hätte alles wahrscheinlich nur noch schlimmer gemacht. Früher hatte sie Thor immer für seine Toleranz bewundert, aber er hatte sich in dieser Hinsicht total verändert und er veränderte sich immer weiter.

Wenn sie ihm von Jakobs Schwulsein erzählt hätte, wer weiß, wie Thor dann reagiert hätte. Im Besten Fall hätte er ihn wahrscheinlich angezeigt, aber inzwischen traute sie ihm alles Mögliche zu. Am Ende hätte er noch das Atelier verwüstet oder hätte Jakob irgendwie attackiert.

Sie verbrachte die Tage in dem neuen Atelier der Kooperative und produzierte eine ganze Reihe von neuen Entwürfen, die sie in der Gießerei in dreidimensionale Plastiken verwandeln ließ. Das Geschäft lief blendend, ganz im Gegensatz zu ihrer Ehe. Ins Haus kam sie lange Zeit eigentlich nur noch zum Übernachten und Thors früher so stattliche Erscheinung verkam immer wieder zu einem Schatten seiner selbst. Er stand erst nachmittags auf und fand es nicht nötig, sich zu waschen oder anzuziehen, bevor er die erste Flasche Wein am Tag entkorkte. Wochenlang rasierte er sich nicht mehr und sein früher so elegantes Haar fiel ihm in langen fettigen Strähnen von Kopf. Es war ein Elend.

So ging das nicht mehr weiter. Wie verfahren die Situation war, bekamen inzwischen immer mehr andere mit. In ihrer Kooperative hatte sie sich schon reichlich ausgeheult. Die anderen unterstützten sie aber ganz toll und sie fühlte sich dort wie in einer Familie aufgehoben. An einem Sonntag hatte dann Renate, die jüngere Cousine, deren Patentante sie auch war, zu einem Besuch angekündigt. Renate hatte sich von ihrem Mann getrennt, zufällig hieß der übrigens auch Sennemann, obwohl weder Thor, noch der Ex von Renate wussten, ob oder wie sie miteinander verwandt waren.

Renate brachte ihren zehnjährigen Sohn *Carsten* mit und der ganze Besuch begann mit einem ziemlich blöden Missgeschick.

Am Vormittag war Magdalena noch nach Göttingen gefahren, um an einer Vernissage eines Künstlers aus der Kooperative teilzunehmen. Auf dem Rückweg - Renate wollte um 2 Uhr kommen - hatte sie sich dann etwas verspätet, sie konnte sich einfach nicht von ihren Freunden losreißen.

Magdalena und Thor: Der Anfang vom Ende

Damit nahm das Unglück seinen Lauf. Renate war zu allem Überfluss auch noch eine halbe Stunde zu früh vor ihrem Haus erschienen. Sie klingelte, aber Thor reagierte nicht auf den lauten Gong, den sie vorn in der Galerie installiert hatten. Renate und der Kleine standen etwas ratlos im Garten herum und beschlossen, zu warten, schließlich waren sie ja auch zu früh gekommen. Thor war offensichtlich völlig verkatert von dem Gong aus dem Schlaf gerissen worden. Allein darüber war er wütend. Magdalena hatte ihm zwar von dem bevorstehenden Besuch erzählt, aber das interessierte ihn sowieso nicht. Sollte Magdalena doch ihre Mischpoke treffen, damit gab er sich nicht ab. Der Gong hatte ihn also unsanft ins irdische Leben zurück katapultiert und beim Blick aus dem Fenster sah er die Beiden im Garten stehen. Er erkannte weder Renate, noch den Jungen. Sie hatten sich zwar schon einmal kurz in Hannover gesehen, als Magdalena und er sich bei einem der früheren Sonntagstouren mit Renate auf eine Tasse Kaffee getroffen hatten. Nachhaltige Erinnerungen hatte er aber nicht daran. Er ärgerte sich maßlos über die Störenfriede, die da jetzt im Garten herumspazierten und sich sogar erdreisteten, durch die Fenster in Hausinnere zu gaffen. Schließlich platzte ihm der Kragen. Schnurstracks marschierte er durch die Hintertür nach draußen und schnauzte die Beiden an, was ihnen eigentlich einfiele, hier unberechtigt Privatgelände zu betreten und damit faktisch Hausfriedensbruch zu begehen. Renate war ziemlich erschrocken und der Junge machte schon eher einen völlig verschüchterten Eindruck. Sie sagte freundlich beherrscht, dass sie mit Magdalena verabredet sei und ob er wüsste, was mit ihr sei. Thor wusste natürlich auch nichts von der Vernissage und das Ganze ging ihm gehörig gegen den Strich. Er wisse von nichts und sie sollten sich zum Mondschein scheren, jedenfalls verlangte er, dass die beiden umgehend sein Grundstück zu verlassen hätten. „Haut ab hier" brüllte er noch hinterher, als Renate den Jungen geschnappt hatte und regelrecht fluchtartig das Weite suchte.

Sie rannten rüber zu den Jenners, die ja auch mit Renate verwandt waren und Renate bestellte erstmal eine Tasse ordentlichen Kaffee, um dann mit Frau Jenner das Thema „Thor" anzusprechen. Da lief sie bei Frau Jenner offene Türen ein. Die beiden Frauen waren sich einig, dass Thor wohl nicht mehr ganz alle Tassen im Schrank hätte und schwätzten über ihn und Magdalena, einig in der Einschätzung, dass

Magdalena da wohl ein ernstes Problem hätte. Irgendwann kam Magdalena reichlich abgehetzt durch die Tür. Sie hatte Renates Auto gesehen und Thor zur Rede gestellt; aber Thor kommentierte nur gehässig: „Keine Ahnung, wo die hin sind, das ist mir auch scheißegal, die sollen sich hier nicht mehr blicken lassen."

Jetzt saßen die 3 Frauen bei den Jenners. Magdalena war stinksauer auf Thor und es gab jetzt wohl auch keinen Grund mehr, das ganze vor Frau Jenner zu beschönigen. Sie hätte es ihr sowieso nicht geglaubt. Und so heulte sie sich ihren Frust von der Seele und erzählte von den endlosen Verletzungen, denen sie ausgesetzt war. Das waren nicht mehr nur Psychospielchen, immer öfter versuchte Thor sie zu schlagen oder abzudrängen und Magdalena konnte dem nur entgehen, weil sie doch deutlich schneller war, als Thor, zumal, wenn er besoffen war. Einmal hatte er eine offene Weinflasche nach ihr geworfen und es war mehr Zufall, dass er sie nicht getroffen hatte. Selbstverständlich hatte Magdalena später die Schweinerei beseitigt, während Thor das wohl normal fand, dass er daneben saß und sie blöde angrinste.

Frau Jenner nahm Magdalena mütterlich in den Arm und tröstete sie und auch Renate versuchte, ihr Mut zu machen. Dabei hatte die gerade selbst genug Ärger mit ihrem Ex am Hacken. Carsten saß die ganze Zeit völlig gelangweilt dabei und malte pekig auf einem Stück Papier herum. Carsten war sich hundertprozentig sicher, dass dies der langweiligste Tag in seinem ganzen Leben sein würde.

Magdalena war das fürchterlich peinlich. Hier war jetzt bei ihr ein Punkt erreicht, an dem es so nicht mehr weiterging. Sie musste das Gespräch mit Thor suchen. Sonst wäre es jetzt aus. Renate bestärkte sie darin, hatte sie doch auch erst vor kurzem einen ähnlichen Film durchlebt.

Nachdem Renate wieder gefahren war, ging sie rüber. Mit Thor sprach sie an dem Tag kein Wort mehr.

Am nächsten Morgen rief sie Jakob an und sagte für den heutigen Tag ab. Es ginge ihr nicht gut und sie müsse sich einen Tag ausruhen. Das war natürlich gelogen, aber Jakob konnte ihr bei dieser

Angelegenheit heute auch nicht helfen. Da musste sie jetzt alleine durch.

Sie ging durch das Haus und räumte alle Weinflaschen, den Grappa und alles Alkoholische in eine Schubkarre im Garten und kippte dann alles in den Wendebach. Das Schicksal der armen Fische bedachte sie dabei nicht.

Danach ging sie zurück ins Haus und räumte von vorne bis hinten alles auf. Die dreckige Wäsche von Thor, die überall herumlag, die verschmierten Teller und leeren Flaschen und Gläser. Sie putzte alles „remedur", bis es blinkte und auch die Fenster hatten es schon länger dringend nötig. Ihre Wut setzte richtig Energie in ihr frei und gegen Mittag hatte sie alles durch, was sie nicht nur an ihrem Rücken merkte, sondern auch an einem Schmerz in der Magengegend. Sie hatte heute noch nichts gegessen und nur Kaffee in sich reingeschüttet, ergänzt von mindestens 10 Zigaretten, die sie gierig inhalierte. Sie fuhr nach Reinhausen, um sich im Edeka mit Käse und Brot zu versorgen und als sie zurückkam, war Thor im Begriff aufzustehen. Das Geklapper am Morgen und das laute Gejaule des Staubsaugers hatte er scheinbar schlafend in seinem Zimmer ignoriert. Vielleicht hatte er es auch wirklich nicht mitbekommen.

Magdalena stand in der Tür und sprach mit brüchiger Stimme Tacheles:
„Thor, wir müssen endgültig über uns reden. Ich kann so nicht mehr weitermachen…" Thor unterbrach sie laut: „Ja, jetzt musst du reden, ich bin ja nur der dumme Alte und die erfolgreiche Frau Künstlerin hat den nicht mehr nötig. Sie verwirklicht sich doch lieber selbst in ihrer Künstlerkommune." Die Tränen standen ihm in den Augen. Er war gekränkt, aber dafür hatte er doch eigentlich überhaupt keinen Grund. Eigentlich war es bei ihm immer die gleiche narzisstische Masche.

Den ganzen Nachmittag saßen sie in der Galerie und redeten. Das erste Mal seit Jahren, so kam es Magdalena vor. Thor weinte bitterlich, er wolle sie nicht verlieren und sie sollten doch noch einmal einen Neuanfang wagen. Ja, er habe sich schändlich verhalten, aber nach dem Unfall wäre er eben auch so einsam gewesen und hätte sich im Haus eingesperrt gefühlt. Zumal sie immer in Göttingen war und er den ganzen Tag im Haus herumsaß. Und seine Bilder würde eh keiner kaufen und er würde sich so wünschen, dass sie ihm noch eine einzige Chance gäbe, er würde sie nie wieder enttäuschen. So ging das über Stunden.

Später fuhr Magdalena noch einmal nach Reinhausen, um im Edeka zwei neue Flaschen Wein zu kaufen. Sie hatte Glück, dass der Laden um 10 nach 6 noch nicht zugemacht hatte. Es gab nur deutschen Riesling, das war normalerweise nicht so der Geschmack von Thor und von Magdalena auch nicht. Aber das war jetzt egal.

Das Ende vom Lied war, dass sich Thor und Magdalena wieder einmal versöhnten. Thor wollte sich bessern und noch einmal ins Leben zurückkehren. Er wirkte regelrecht glücklich, dass Magdalena es noch ein letztes Mal mit ihm versuchen wollte.

Dann erzählte sie ihm von dem Projekt im Flüchtlingsheim. Auf der Vernissage in der Kooperative war sie ja mit Dr. Richter ins Gespräch gekommen. Den Schulen in Friedland wurden regelmäßig auch Schüler aus dem Aufnahmelager zugewiesen. Zwar war davon hauptsächlich die Hauptschule betroffen aber die Schulleiter hatten sich zur Kooperation entschlossen, um die Hauptschule zu entlasten. Und so wurde, meist für eine Übergangszeit, auch dem Gymnasium Schüler zugewiesen. Manche konnten sogar schon deutsch und Richter war überrascht, mit welchem Ehrgeiz und mit welcher Lernbegierigkeit die Schüler zur Schule kamen. Welch ein Gegensatz zu den Schülern aus der Umgebung, die gerade im Kunstunterricht gern die Sau rausließen und sich eine Dreck um Lehrer oder Noten scherten.

Bei einem informellen Treffen der Lehrer aus den verschiedenen Schulen kam dann die Idee auf, zusammen mit den Kindern aus dem Lager ein Kunstprojekt zu starten. Das war als Experiment gedacht und sollte den Flüchtlingen zeigen, dass sie in diesem Land willkommen sind.

Auf der Vernissage in Göttingen fragte er also Magdalena, die er aus zahlreichen Besuchen in ihrer Galerie kannte und schätzte und ein wenig verehrte, ob sie oder jemand anderes aus der Kooperative sich an dem Projekt beteiligen wollten. Es wäre geplant, zusammen mit den Kindern Kunst zu gestalten und später auch auszustellen. Das ganze sollte experimentell ablaufen, um auch die Wünsche und Träume der Kinder aufzunehmen und in die Werke einfließen zu lassen.

Magdalena zögerte zunächst.)Im Grunde hatte sie überhaupt keine Zeit für das Projekt, zumal sie einen größeren Auftrag für 4 Bronzeplastiken aus Bielefeld hatte, mit dem sie auch schon zeitlich etwas in Verzug war.

In ihrem klärenden Gespräch mit Thor sprach sie das Thema dann am nächsten Tag an. In seiner plötzlichen Demut über die scheiternde Beziehung war er wie ein kleiner Junge, der alles getan hätte, damit sie bei ihm blieb und so beschlossen sie, dass Thor sich an dem Projekt beteiligen würde. Sie wusste, dass er es eigentlich unter seiner Würde empfand, sich mit realen Menschen abzugeben, um an einem Kunstprojekt teilzunehmen. Aber insgeheim ließ ihm Magdalena keine Wahl. Sie wollte, dass er wieder am Leben teilnahm und irgendetwas unternahm, um aus seiner Lethargie zu erwachen. Auf den großen Durchbruch als Weltklassekünstler brauchte er wohl realistischerweise nicht mehr hoffen, zumal in dem miserablen Zustand, in dem er sich in der letzten Zeit befand.

Sie arrangierte ein erstes Treffen mit Dr. Richter und erstaunlicherweise zeigte sich Thor offen gegenüber den Ideen des Lehrers und sie vereinbarten noch im Mai einen ersten Termin im Aufnahmelager.

Die andere Idee, die Magdalena in dem Gewittergespräch (wie sie es für sich nannte) vorschlug, bezog sich auf Thor`s bevorstehenden 70. Geburtstag. Sie schlug vor, dass sie im Sommer zu einem Empfang auf ihrem Grundstück einluden. Damit konnte sie Thor vielleicht das Gefühl zurückgeben, dass sie noch Freunde hatten. Er könnte einmal wieder im gesellschaftlichen Mittelpunkt stehen, was er doch so liebte und insgeheim ersehnte. Im Nebeneffekt könnten sie ihre Galerie einmal wieder ins öffentliche Bewusstsein zurückholen und die letzte Zeit bei den Kunstfreunden vergessen machen.

Und so überraschte sie Thor damit, dass sie Einladungen zu einem Empfang gestaltete und in den Druck gab. Sie hatte vor, die gesamte Kunstszene der Region zu mobilisieren.

Die nächsten Wochen begann sie mit den Vorbereitungen. Frau Jenner hatte sich bereit erklärt, über ihren Schatten zu springen und noch einmal einen Versuch mit Thor zu unternehmen. Sie war eine sehr gutherzige Frau und mochte nicht nachtragend sein. Immerhin sah auch sie die Möglichkeit, dass die alten Zeiten noch einmal wieder auflebten, mit wandernden Gruppen von Kunstliebhabern, die allsonntäglich die Galerie und anschließend ihr Gasthaus besuchten. So dolle war der Umsatz schließlich in der letzten Zeit auch nicht gewesen.

Zur großen Überraschung von Magdalena steigerte sich Thor jetzt regelrecht in das Projekt im Flüchtlingslager hinein. Dr. Richter holte ihn jeweils kurz nach der Mittagszeit ab und sie verbrachten die Nachmittage im Lager. Dr. Richter unterrichtete die Flüchtlingskinder mit Maltechniken und sie schufen interessante kleine Kunstwerke, die sie, so war der Plan, irgendwann ausstellen wollten. Thor machte derweil Skizzen von den Kindern. Zurück im Atelier am Wendebach hatte er eine große Leinwand aufgespannt und begann ein monumentales Ölbild zu erschaffen. Als Motiv übernahm er das Schicksal der sogenannten Boat People aus Vietnam, die von der Regierung aus humanitären Gründen in Deutschland aufgenommen worden waren. Die armen Kreaturen waren von Schleppern gegen horrende Zahlungen auf völlig überfüllte Boote gelockt worden, mit der Aussicht, dass sie in Thailand aufgenommen würden. Die thailändische und auch die malaysische Regierung verweigerten jedoch die Genehmigungen, dass die Boote in ihren Häfen einlaufen dürften. Und so trieben sie teilweise wochenlang auf dem offenen Meer. Die Zustände auf den Booten waren katastrophal und hätte es nicht die Cap Anamour gegeben, die diese armen Seelen aufnahmen und die Aufnahme in Deutschland organisierten, dass wäre sie wahrscheinlich über kurz oder lang im Meer ertrunken.

Thor nahm starken Anteil an den Schicksalen der Flüchtlinge und so stürzte er sich in diesen Wochen in die Arbeit. Sein Werk zeigte

Flüchtlingskinder, die aus einem asiatischen Lager flohen. In den Gesichtern der Kinder war noch die Angst vor ihren Peinigern zu sehen. Das Bild hatte einen besonders starken Ausdruck und war künstlerisch perfekt. Magdalena war erleichtert, hatte sie doch noch vor kurzem gedacht, dass Thor aus seinem seelischen Abgrund nicht mehr herausfindet. Auch seine Stimmungen hellten sich in der letzten Zeit merklich auf, er hatte seinen wunderbaren Humor wiedergefunden und engagierte sich auch wieder im Haus und besonders in seinem geliebten Garten.

3 Wochen vor dem geplanten Empfang fand dann im Flüchtlingslager die Präsentation des Werks statt und natürlich auch die Präsentation der Werke der Kinder. Dr. Richter war sehr zufrieden mit der Resonanz und bedankte sich mehrfach bei Thor und auch bei Magdalena. Am nächsten Tag war ein Zeitungsartikel im Göttinger Tageblatt erschienen. Es zeigte das Bild mit Thor und dem vietnamesischen Mädchen. Beide strahlten vor dem großen Ölbild in die Kamera und der Artikel lobte das Projekt, dass nach Angaben von Dr. Richter nach den Sommerferien fortgesetzt werden sollte. Thor war stolz wie ein kleiner Junge. Etwas enttäuscht war er über die Tatsache, dass die Leitung des Aufnahmelagers das Bild nicht dauerhaft im Foyer aufhängen wollte. Aber dann hatte er es in einer wirklich großen Geste dem Roten Kreuz in Göttingen als Leihgabe überlassen, was natürlich auch in dem Artikel erwähnt wurde. Das Bild sollte einen entsprechenden Platz im Tagungszentrum in Göttingen bekommen.

Derweil liefen die Vorbereitungen für den Geburtstagsempfang auf Hochtoruren. Magdalena war freudig über die vielen Zusagen überrascht. Zuerst war sie noch etwas ängstlich, ob sich die negative Energie des letzten Jahres in einer geringen Resonanz niederschlägt. Sogar Minister Bruns hatte zugesagt. Er war früher der Bürgermeister der Nachbargemeinde gewesen und hatte sich inzwischen zum Minister hochgearbeitet. Als Bürgermeister war er früher ein häufiger Gast in ihrer Galerie gewesen, aber das hatte nachgelassen, als er nach Hannover gewechselt war. Wofür Magdalena allerdings großes Verständnis hatte, schließlich hatte ein Minister wahrscheinlich einen etwas engeren Zeittakt als ein Bürgermeister und musste sich um wichtigere Themen kümmern als um die Entwicklung einer Region am Zonenrand.

Ohne Thor zu fragen, hatte sie auch Lars, Ulla und die Kinder eingeladen. Ulla rief an, nachdem sie die Einladung bekommen hatten. Sie konnte ihr Kommen noch nicht zusagen. Anscheinend hatte sie sich mit Lars gestritten. Magdalena konnte sich vorstellen, dass er sich auch dieses Mal wieder gegen seinen Vater stellte. Aber Ulla wollte noch einmal mit ihm reden, schließlich hatten die Kinder ihren Großvater ja auch schon 2 Jahre nicht gesehen und das war doch schade.

Magdalena war froh, dass Lars eine so offene und liebe Frau wie Ulla gefunden hatte. Aber sie sah auch, dass Ulla es mit ihm nicht immer einfach hatte. War er doch in seiner Sturheit und seinen mitunter skurrilen Alleingängen seinem Vater nicht ganz unähnlich.

Mit Frau Jenner hatte sie schon die ganze Menuefolge bzw. das Buffet besprochen und auch Renate wollte nach dem schwierigen Besuch neulich wieder kommen. Magdalena war fröhlich wie lange nicht und hatte das Gefühl, dass sie ihr Leben jetzt allmählich wieder im Griff hatte.

August 1979. Der Empfang: Das Ende

Die Gäste verabschiedeten sich nach und nach, wovon Thor leider nicht mehr allzu viel mitbekam. Er hatte merklich zu viel getrunken und wankte noch zwischen den letzten Gästen umher, die allerdings auch keine viel bessere Figur machten. Magdalena fand das schon ziemlich peinlich, aber da die letzten Gäste im gleichen Zustand wie Thor verharrten, nahm sie das einfach mal so hin. Sie wusste, dass Thor es genossen hatte, im Mittelpunkt zu stehen und den großzügigen Gastgeber geben zu können. Für sie selbst hatte sich das Fest auch ausgezahlt. Minister Bruhns hatte vor seiner Abreise noch im Namen der Landesregierung eine Bronzeplastik bei ihr in Auftrag gegeben und sie hatte nebenher auch noch fast 700 Mark mit dem Verkauf ihrer Drucke eingenommen, was die Kosten für den Empfang mehr als aufwog.

Zum Schluss saß sie noch in vertrauter Runde mit Frau Jenner und Renate zusammen, als Thor ihre Aufmerksamkeit mit einem lauten Krach im Eingangsbereich des Ateliers auf sich lenkte.

Er war vollkommen betrunken. Im Foyer stolperte er gegen die Madonna. Die Bronzeplastik war Magdalenas Abschlußarbeit an der Kunstschule in Düsseldorf und seither konnte sie sich nicht mehr davon trennen, obwohl sie im Lauf der Zeit mehrere Kaufangebote dafür bekommen hatte.

Thor war gestürzt und lag jetzt neben der Madonna. Er übergab sich mitten auf den Boden und lallte unverständliches Gebrummel. Zusammen mit Renate versuchte Magdalena, Thor wieder auf die Beine zu bekommen, was aber alles nur noch schlimmer machte. Thor wehrte sich mit allen verbliebenen Kräften, bis er schließlich bewusstlos zur Seite sackte.

Magdalena war hilflos. Schließlich rief sie Dr. Müller an, ihren Hausarzt, der einige Stunden zuvor auch kurz auf dem Empfang gewesen war, bevor er zu einem Hausbesuch gerufen wurde. Dr. Müller untersuchte Thor, der sich auch wieder leidlich aufrappelte. Zusammen brachten sie ihn ins Bett, wo er sofort in einen tiefen Schlaf fiel.

Der Tag war für Magdalena echt gelaufen. Sie verabschiedete Renate und setzte sich noch ein Stündchen in den Garten, um die Ereignisse Revue passieren zu lassen. Sie war zwar ziemlich sauer auf Thor, dass er sich so hatte gehen lassen. Aber das würde vorbeigehen und ab morgen würde sie sich mit der Organisation der Reise befassen, die sie von Minister Bruhns als Geschenk bekommen hatten.

Mme Pluvier

So Michel, jetzt komm mal mit der Wahrheit rüber, sonst müssen wir uns hier eine umfassendere Lösung mit Deiner Frau ausdenken. „Ihr widerwärtigen Arschlöcher…"

„Halt die Schnauze, ja, ich rede hier mit deinem Mann und solange hältst du jetzt einfach mal die Fresse, klar?" *Mme Pluvier keifte einfach weiter, kippte dann mit dem Stuhl um und versuchte Harms in die Hand zu beißen, als er sie wieder aufstellen wollte.* „Rainer, bring sie zum Schweigen" *brüllte ich Harms an. Er zog die Pistole und schoß ihr in den Kopf. Das Blut mit Hirnmassen klebte an der Wand hinter dem Stuhl.*

Oktober 1979. Magdalena und Thor: Sardinien

Am nächsten Tag tauchte Thor gegen Mittag aus seinem Schlafzimmer auf. Er sah schrecklich aus. Magdalena kochte einen starken Kaffee und allmählich fand er sich wieder im Hier und Heute zurecht. Mit Minister Bruhns hatte sie vorher abgesprochen, dass sie über Rom nach Olbia auf Sardinien fliegen würden. Schon immer wollten sie Giovannis Feriensiedlung besuchen, der diese passenderweise in San Giovanni bei La Caletta als größere Investition plante und schon in großen Teilen umgesetzt hatte. Typisch Giovanni hatte er sich dafür den kleinen Ort mit seinem Namen ausgesucht und sehr günstig das einstige Sumpfland im Delta eines kleinen Flusses aufgekauft. Jetzt plante er eine Siedlung aus Ferienhäusern, die er – ganz Giovanni – mit einem gehörigen Gewinn weiter verkaufte.

Giovanni hatte sie schon länger in eines dieser Ferienhäuser eingeladen und als Minister Bruhns sie ansprach, ob sie sich eine gemeinsame Reise mit Thor vorstellen könne (allerdings mit beschränktem Budget), da hatte sie noch am selben Tag Giovanni angerufen, der ihr sofort ein Häuschen am Meer reservierte. Obwohl sie es ihm anbot, wollte Giovanni selbstverständlich kein Geld von ihr annehmen. Er könne zwar so kurzfristig nicht selbst nach Caletta kommen, aber das sollte ihren Aufenthalt in keiner Weise beeinflussen. Als „Familienangehöriger" könne Thor bei ihm jederzeit ein und aus gehen, und Magdalena natürlich auch.

Madgalena freute sich auf die Auszeit. Sie würden stundenlang in der langen Bucht von San Giovanni die Seele einfach mal baumeln lassen.

Thor hatte von der ganzen Vorgeschichte nichts mitbekommen und war ehrlich überrascht von der Ankündigung des Ministers, nach Italien zu reisen. Auch nach mehreres Tassen, der „schwarzen Brühe", die ihm Magdalena „vorgesetzt" hatte, war Thor noch immer reichlich missmutig. Aber Magdalena ließ sich davon nicht aus dem Konzept bringen.

In den nächsten Tagen regelte sie einige Angelegenheiten und legte die Termine um, die sie eigentlich für die Kooperative wahrnehmen wollte.

Am Abend vor der Abreise standen dann wieder die drei Asiatinnen am Zaun. Es dämmerte schon und fast hätte Magdalena sie übersehen, weil sie sich so unscheinbar in einer dunklen Ecke am Wendebach herumdrückten.

„Thor, hast Du eine Ahnung, was die da wollen? Die waren doch neulich schon am Zaun, als der Empfang war und davor standen sie da schon mal rum."

„Die sind aus Friedland" murmelte er, „schick sie weg!".

Magdalena ging auf die Frauen zu und fragte, was sie wollten. Die drei waren unterschiedlich alt, die eine schätzte sie ungefähr auf 50, die andere so Mitte 30 und die jüngere wohl knapp zwanzig. So richtig konnte man das bei den Asiaten ja nie schätzen, irgendwie sahen sie eigentlich alle gleich aus. Diese drei aber nicht. Die älteste war sehr klein, und die jüngste mit fast einem Meter achtzig doch sehr groß. Auch unterschieden sie sich in der Hautfarbe. Die ältere war recht dunkel und die Jüngeren hatten einen eher hellen Teint. Die Jüngste hätte man fast für eine Europäerin halten können.

Die drei sagten erst nichts. Schließlich fing die ältere an, etwas auf Französisch zu sagen, aber Magdalena verstand eigentlich nichts. Sie konnte zwar leidlich englisch und seit ihrer Zeit in Mexiko noch ein paar Brocken Spanisch. Aber das war ja nun auch schon über 20 Jahre her. In Italien hatte sie sich mit Händen und Füßen verständigt und schließlich hatte Thor bei den letzten Reisen die Konversation übernommen. Er sprach ja fließend italienisch.

Madgdalena war unsicher, was sie mit den Frauen anfangen sollte. Da drehten die drei sich einfach um und gingen weg. Magdalena wusste nicht so recht, was sie davon halten sollte. Schulterzuckend ging sie ins Haus zurück, wo Thor gerade dabei war, einen ledernen Aktenkoffer aus seiner Freiburger Kiste zu holen. Die rote Holzkiste war ja damals sein einziges Mobiliar gewesen, als er bei ihr einzog. Er hatte sie nie geöffnet, wenn sie dabei war. Magdalena hatte ein paar vorsichtige Versuche gemacht, ihm das Geheimnis zu entlocken, dass sie in der Kiste wähnte, die Thor mit einem dicken Vorhängeschloss verschlossen hatte. Thor hatte jedes Mal fast wütend reagiert und sie indirekt gewarnt, jemals an die Kiste zu gehen. Im Grunde war es Magdalena gleichgültig und sie hatte die Kiste schließlich mehr oder weniger vergessen. Marotten eines alten Mannes.

Thor nahm also den Aktenkoffer aus der Kiste und stellte ihn neben seinen eigentlichen Koffer. Auch der Aktenkoffer war verschlossen und Magdalena fragte naiv, ob er ihn mitnehmen wolle. Thor zischte sie an, dass sie das nichts anginge. Sie solle ihn in Ruhe lassen.

„Die Drei vom Zaun sind übrigens wieder weg. Sie haben was auf Französisch geredet. Schon seltsam." Thor tat so, als hätte er nichts gehört.

„Wenn die nochmal kommen, dann sprich Du mal mit denen. Du kannst doch französisch! Da habe ich ja überhaupt keinen Nerv drauf, dass hier jetzt ständig die Flüchtlinge rumlungern." Thor blitzte sie böse an, aber er sagte weiterhin nichts. Sie merkte, dass da was in ihm arbeitete, aber sie konnte sich keinen Reim darauf machen.

In dem Moment klingelte das Telefon. Jakob wollte sich von ihr verabschieden und fragte noch, ob alles okay sei. Sie quatschten fast eine Stunde und dann musste sich Magdalena sputen, um noch ihre eigenen Sachen zu packen.

Am nächsten Morgen fuhr Thomas Jenner sie zum Bahnhof nach Göttingen, dann ging es mit dem Zug nach Frankfurt und schließlich mit dem Flieger nach Rom. In Rom folgte dann noch am Abend der Anschlussflug nach Olbia, wo sie von *Romano* abgeholt wurden, einem Freund von Giovanni, der auch die Arbeiten in Caletta leitete. Romano konnte kein Wort deutsch, aber auch Thor sagte eigentlich nichts, obwohl er sich doch hätte mühelos mit ihm unterhalten können.

Hundemüde bezogen sie ihr Ferienhäuschen. Magdalena packte noch die notwendigsten Sachen aus und ansonsten verschob sie alles auf den nächsten Morgen. Sie war froh, dass sie endlich da waren und wollte eigentlich nur noch schlafen.

Sie träumte von den Anstrengungen des Fluges und ihrer Panik, den Anschlussflieger in Rom zu verpassen. Zwischendurch wachte sie immer wieder auf. Schließlich kam im Traum wieder die Szene mit den Asiatinnen auf und die Worte „Artist" und „Tortür" geisterten in ihrem Kopf herum. Klar, „artiste" hieß Künstler. Mit „Tortür" konnte sie nichts anfangen. Torte, Torte, … das machte alles keinen Sinn. Es war ein Alptraum und irgendwann wachte sie schweißgebadet auf. Es war heiß und stickig. Um 5 Uhr stand sie auf und machte sich in der kleinen Küche einen Kaffee.

Egal, sie wischte die Gedanken weg und zwang sich, allmählich im Urlaub anzukommen. Es würden herrliche Wochen werden. Ruhe. Strand. Meer. Sonne. Zeit zum Malen, Zeit für neue Kreativität. Etwas skeptisch war sie, was Thor anging. In den letzten Tagen seit dem Fest war er wieder mürrisch bis schweigsam und sie hatte den Eindruck, dass er sich gar nicht auf Sardinien freute. Was war wieder los mit ihm? Wurde er alt und depressiv? Magdalena versuchte einmal mehr, ihre Sorgen wegzuwischen und sich auf Italien zu freuen.

Thor schlief bis halb zehn. In der Zwischenzeit hatte Magdalena einen ausgedehnten Spaziergang am Strand hinter sich, bei dem sie den herrlichen Sonnenaufgang genoss. Eine kleine Bar am Strand hatte schon geöffnet und sei bestellte einen „caffè americano" und plauderte ein wenig mit dem Barbesitzer. Er hatte mehrere Jahre in Berlin als Gastarbeiter gelebt und jetzt mit dem sauer verdienten Geld eine kleine Bar eröffnet. Mit seinen, wenn auch dürftigen, Deutschkenntnissen hoffte er auf gute Umsätze durch die deutschen Touristen, die Giovanni wortgewaltig auf einer Versammlung in La Caletta angekündigt hatte.

Während Magdalena zufrieden ihren Caffé schlürfte, rannte die ganze Zeit ein Mops vor ihr herum und apportierte ständig einen Tennisball, den sie für ihn in Richtung Strand geworfen hatte. Für einen Moment war sie glücklich.

Thor hatte richtig schlechte Laune und auch ein Frühstück mit einem Sandwich, den sie aus der Bar mitgebracht hatte, munterte ihn nicht auf. Sie saßen in dem kleinen Garten, mit neu gepflanzten Pinien und einem Eukalyptusbaum, der dort wohl schon vor dem Bau des Ferienhauses gestanden hatte.

Ihr Aufenthalt im Garten währte aber nur kurz, denn inzwischen waren Myriaden von Mücken in der Luft und suchten ihre Opfer. An Mückenzeug hatte Magdalena natürlich nicht gedacht und so schlugen sie die Viecher erst tot, bevor sie irgendwann reichlich zerstochen wieder ins Haus flüchteten.

In der Küche hatte Romano Vorräte für sie verstaut und Magdalena kochte eine Kleinigkeit zum Mittag. Später konnte sie Thor nur einmal kurz dazu bewegen, mit ihr an den Strand zu gehen. Hier waren auch keine Mücken und langsam, aber wortlos, weil Thor nichts sagte, gingen sie zu einem alten Turm am Meer. Auf dem Rückweg verliefen sie sich, und brauchten sie doch eine ganze Weile, bis sie endlich ihr Häuschen wieder gefunden hatten. Schwierig war, dass es hier keine Straßennamen gab…

Den Rest des Nachmittags verbrachte Magdalena wieder in der Bar, wo sie mehr schlecht als recht versuchte, Skizzen anzufertigen, mit denen sie die romantische Stimmung einfangen wollte. Motive waren der frisch gepflanzte Pinienhain entlang des Strandes und der Turm, zu dem sie mit Thor gewandert war. Es gelang ihr nicht besonders. Sie hatte Thor immer dafür bewundert, wie geschickt er Landschaftseindrücke in Bilder fassen konnte. Er hatte so wunderbare Bilder von Florenz gemalt, Venedig, aber auch sein „Blick auf Kirchhoven" oder die holländische Landschaft waren echte Meisterwerke. Nicht zu vergessen, die Aquarelle, die er einst im Golf von Aden auf einer Schiffsreise nach Ostasien angefertigt hatte.

Dazu fehlte Magdalena leider das Talent. Sie konnte ihre Impressionen viel besser in den Plastiken darstellen als in der Malerei. Aber hier im Urlaub hatte sie ja die Muße, ein wenig an ihrer Technik zu feilen. Doch fiel es ihr schwer, sich zu konzentrieren. Die Griesgrämigkeit von Thor versaute allmählich auch ihr selbst die Stimmung.

Die ersten Tage vergingen, ohne dass Thor sein Verhalten in irgendeiner Weise ändern würde. Mit Verweis auf die Mücken hockte er stur im Haus. Von Romano hatte er sich mehrere Kisten Chianti besorgt und jetzt soff er schon morgens ohne vorher überhaupt einen Bissen zu sich genommen zu haben. Er redete nicht mit Magdalena, was immer sie ihn auch fragte. Am Anfang hoffte sie noch, es wäre eine seiner üblichen Spirenzien. Vielleicht brauchte er mal wieder Zeit für irgendwas. Sie ging ihre eigenen Wege. Romano hatte ihr das Auto, einen klapprigen Fiat, überlassen, womit sie die Küstenstraße entlang fuhr. Eine Tagesfahrt ging in die Grotta verde; eine weitere Tour führte sie entlang der Costa Smeralda, wo sie ein wenig auf den Spuren des Aga Khan, wandelte, der die Küste in einem Großprojekt nach seinen Wünschen geformt hatte.

Ungefähr am 4. Tag ihres Aufenthalts auf Sardinien bekamen sie einen unangekündigten Besuch von Romano. Tieftraurig erzählte er Magdalena und Thor, dass Giovanni Lecestre in der letzten Nacht überraschend an einem Herzanfall gestorben war. Thor sackte bei der Nachricht regelrecht in sich zusammen und verfiel vollends in sein Grübeln. Auch Magdalena war geschockt. Romano begann zu weinen und erzählte wortreich, was für ein wunderbarer Mensch Giovanni gewesen ist. Er war sehr großzügig, immer gerecht, und zu Romano war er wie ein Vater. Giovanni hinterließ eine Witwe, vier erwachsene Kinder und unzählige Bambinis.

Auch nachdem Romano sie wieder verlassen hatte, kam Thor nicht aus seinem schwarzen Loch heraus. Er sprach nicht mit Magdalena oder machte nur unflätige Bemerkungen über alles Mögliche. Sie musste sich doch sehr zusammenreißen, damit sie nicht auf ihn eindrosch, um ihn wieder zur Besinnung zu bringen. Es war sinnlos.

Magdalena hatte sich so auf diese Auszeit gefreut. Sie wollte die Ruhe genießen, die sie hier fand. Abseits von ihrem hektischen Alltag in der Kooperative hätte sie Zeit, ihre innere Ruhe zurückzufinden und einfach ein wenig die Seele baumeln zu lassen.

Wie gesagt: Die Zeit hätte sie haben können. Denn abgesehen von der traurigen Nachricht vom Tode Giovannis, kreisten ihre Gedanken um den Zustand ihrer Ehe. Thor benahm sich völlig unmöglich und fiel wieder in seine Verhaltensweisen im letzten Frühjahr zurück. Meistens sprach er gar nicht und wenn, dann versuchte er, Magdalena in irgendeiner Weise zu demütigen. Sei es, dass die Orangenmarmelade zu bitter schmeckte, sei es eine boshafte Andeutung über ihr vermeintliches Vorhaben, sich in die Gesellschaft der Ira von Fürstenberg hinein zu baggern. San Giovanni war mückenverseucht und der Chianti zu sauer.

Mit der Zeit wurde „sauer" auch immer mehr der Grundzustand von Magdalena. Am Anfang hatte sie noch versucht, seine Beleidigungen zu ignorieren oder mit Freundlichkeit zu entschärfen. Aber allmählich war sie mit ihren Nerven am Ende. Sie merkte, dass ihre Kraft nachließ, sich gegen diesen Zustand zu wehren oder ihn schönzureden. Tageweise schnappte sie sich eine Flasche von Thors Weinen und ließ sich am Strand einfach volllaufen. Oder sie tat Gleiches in der Strandbar des „Berliners", wie sie ihn scherzhaft nannte.

Wo war ihr Schwung geblieben? Wo war der verständnisvolle Thor, an dessen Arm sie einst durch Venedig wandelte? Geblieben war nur ein Abgrund von Missmut und ein depressives Loch, in dem Thor längst verschwunden war und in dessen Strudel sie immer mehr auch selbst hineingezogen wurde.

Abends, wenn sie ins Haus zurückkehrte, machte sie ihm Vorhaltungen. Sie schrie ihn an, sie schlug mit Fäusten auf ihn ein.

Sie war zunehmend verzweifelt und die ständigen Alkoholexzesse machten das alles natürlich auch nicht besser. Thor ertrug ihre Ausfälle mit einer resignierten Ruhe. Meistens sah er einfach durch sie hindurch, als wenn sie Luft wäre. Die ganze Zeit saß er reglos im Wohnzimmer des Hauses. Neben ihm stand ständig der verschlossene Lederkoffer. Magdalena machte sich darüber lustig und nannte ihn einen senilen Greis, der neurotisch permanent einen Aktenkoffer mit sich herumtrug. Was war denn in dem Scheiß Koffer? In einem betrunkenen Wutanfall versuchte sie ihm den Koffer zu entreißen. Aber trotz seines Alters war Thor noch um einiges kräftiger als Magdalena. Sie hatte keine Chance; der Koffer blieb verschlossen.

Nachts lag sie schlaflos auf der Couch im Wohnzimmer, während Thor besoffen vor sich hin schnarchte. Wirre Träume peinigten sie, in denen sie von Aga Khan mit drei Asiatinnen im Arm verhöhnt wurde.

Die Sache mit den Asiatinnen ließ sie nicht in Ruhe. Sie hatte Thor immer wieder darauf angesprochen, obwohl es doch eine völlige Belanglosigkeit war. Kannte er die Frauen aus dem Flüchtlingsheim? Was wollten sie von ihm? Die ältere Frau hatte auf das Fenster gezeigt, aus dem Thor sie beobachtete, als Magdalena sie ansprach. „Artist" hatte sie gesagt, das heißt doch, dass sie ihn kannte? Was meinte sie mit „Tortür"? Die Worte hatten sich in ihrem Kopf festgesetzt. Die Asiatin war so ernst und ruhig gewesen.

„Thor, was meinte die mit Artist und Tortür?" Thor reagierte nicht. Er setzte die Flasche direkt an und trank. Bis er besinnungslos in der Badezimmertür hinknallte und einfach liegenblieb. In ihrem eigenen Suff ließ Magdalena ihn einfach da liegen. Sie hasste ihn, wie er da lag und dachte gedankenkreisend darüber nach, wie sie auf ihn eintrat, um ihm endlich seine Gemeinheiten heimzuzahlen. Ihre Ehe war definitiv zu Ende. Illusionen hatte Magdalena nicht mehr. Dies war das Ende. Sie würde ihn verlassen, das war ihr sonnenklar.

Vom Rotwein war ihr schlecht und sie musste sich konzentrieren, damit sie sich nicht übergab. Alles drehte sich. Ihr war hundeelend.

Thor hatte den Kofferschlüssel in seiner Hosentasche. Magdalena fummelte ihn heraus. Er schlief in seinem Delirium in der

Badezimmertür und bewegte sich keinen Millimeter, obwohl sie doch immerhin in seiner Hosentasche herumpulte. Im Koffer lag ein französischer Pass aus den 40er Jahren. Und ein selbstgebundenes Heft mit handschriftlichen Aufzeichnungen.

Magdalena begann zu lesen. Schlagartig war sie nüchtern und las das Heft in einem Rutsch durch.

Es öffnete sich ein Abgrund. Sie wusste jetzt, dass nichts je wieder werden würde, wie es war.

In der Morgendämmerung weckte sie Thor, der die ganze Zeit in der Badezimmertür gelegen hatte. Bebend vor Wut stellte sie ihn zur Rede.

Erst langsam begann er aus dem Nebel in seinem hämmernden Kopf zu verstehen, was sie gesagt hatte.

„Ich habe dein Heft gelesen. Jetzt weiß ich , wer die Frauen am Zaun sind. Und sie wissen wer du bist…"

Thor wusste, dass dies der Moment war, an dem nichts würde bleiben können wie es war.

Kapitel 2

Lebensbeichte eines Existenzialisten

17. Juni 1958, Tag der Freiheit - endgültiger Neuanfang"

13 endlose Jahre lang habe ich, Arthur Sennemann, auf diesen einen Tag hingelebt, am Leben erhalten nur durch die Hoffnung auf diesen „Tag der Freiheit". Ich sitze auf dem Deck der MS Schwabenstein. *Wir nehmen Kurs auf Port Said, aber bis dahin sind wir noch 3 Tage unterwegs."*

3 Tage Zeit, meine verfluchte Vergangenheit in einer Lebensbeichte aufzuschreiben und dieses Gift-Tagebuch danach für **IMMER** *der Vergessenheit zu übergeben. 3 Tage, um diese Bürde abzuschütteln. Ab Port*

Said wird die Vergangenheit für immer vergangen sein, verborgen in diesen
Aufzeichnungen.
Ich würde es nie wieder öffnen.
Ich würde immer wissen, wo die Vergangenheit lag.
Aber dies war das Ende der Vergangenheit und er würde nie wieder daran
rühren. Ich muss mir das einmal von der Seele schreiben!
Endlich ein Neuanfang!

Lebensbeichte eines Künstlers

Auch wenn es völlig irrelevant ist, wie ich nach Paris kam, hatte doch
alles eine Vorgeschichte. Beginnen wir ganz vorne.

Ich wurde am 21. August 1908 in Dielingen in Westphalen geboren.
Mein Vater war Amtmann. Er war streng. An mehr kann ich mich
kaum erinnern. Als ich etwa sechs Jahre alt war, ging er in den Krieg.
Ein paar Mal kam er auf Besuch. Und 1917 kam ein Brief aus einem
Lazarett in Crecy. Meine Mutter weinte tagelang. Und meine ältere
Schwester saß auch nur tagelang heulend in der Ecke.

Ich fand das nicht so tragisch, denn, außer dass er streng war, hatte
ich ja fast keine Erinnerungen an ihn. Er war mir egal. Ich war froh,
dass ich nun keine Schläge mehr bekommen sollte.

Meine Mutter und meine Schwester fingen nach der Trauerzeit an,
mit den Ideen der Anthroposophie herumzufrömmeln. Ich musste
mir schon als Kind die Bücher von Rudolph Steiner vorlesen lassen.
Verstanden habe ich kein Wort. Mit meiner Mutter verband mich
nichts. Für ihre Frömmelei hatte ich nur Verachtung übrig.

Als ich 12 oder 13 war, zog meine Schwester; sie war ja 10 Jahre älter
als ich, zu ihrem ersten Mann nach Aschaffenburg. Ich wurde bei
einem Anstreicher, der sich „Maler" nannte, in die Lehre geschickt.
Für Schule war kein Geld da und es hätte wohl auch keinen Sinn
gehabt. Monatelang musste ich dann irgendwelche Bonzenhäuser
tapezieren und anpinseln. Mit der echten Malerei, der von der ich
träumte, hatte das gar nichts zu tun.

Mit 16 bin ich dann abgehauen. Ich hatte von Oskar Kokoschka gehört und war völlig fasziniert. Ich folgte Kokoschka nach Dresden und besuchte heimlich seine Vorlesungen. Bis sie mich entdeckten und herausschmissen. Ich saß auf der Straße. Schlug mich weiter nach München durch. Ich hungerte. Ich stahl, was ich stehlen konnte und lebte von der Hand in den Mund. In München griffen sie mich auf und wollten mich nach Dielingen zurückschicken. Ich konnte weglaufen. Mit einem gestohlenen Fahrrad fuhr ich über Passau durch Österreich, bis ich nach Wochen Wien erreichte. Auch hier bewegte ich mich auf den Spuren von Kokoschka. Hatte er doch hier seinen Werdegang begonnen. Ich bewunderte seine Werke, die in den Museen hingen.

In Wien fand ich eine Anstellung bei einem Maurer, was mir halbwegs mein Dasein ermöglichte. Meistens trieb ich mich jedoch in dunklen Ecken der Stadt herum, wo die Huren auf den Straßen standen. Hier hatte ich auch meiner ersten Erfahrungen mit der Liebe, die mir mein sauer verdientes Geld sofort wieder aus der Tasche zog. Ich wurde von den Huren verspottet, „Jüngelchen" nannten sie mich.

In Wien lebte ich fast 2 Jahre. Ich wohnte in einer „Pension", die aber nichts anderes war als eine vergammelte Absteige; eher war es ein Männerwohnheim für gescheiterte Existenzen. So, wie ich eine war.

Eines Tages gab es einen Tumult auf der Straße vor meiner Pension. Ein Blick aufs dem Fenster ließ mich vor Schreck erstarren. Draußen randalierte ein Kerl, der immer wieder meinen Namen brüllte und mich aufs Widerlichste verfluchte. Meine Mitbewohner zwangen mich, rauszugehen und die Sache zu klären. Neben dem Wüterich stand ein weinendes Mädchen. Es traf mich wie ein Schlag. Mit der Kleinen hatte ich vor Monaten eine kleine Liaison. Sie war 17 und kam aus der Steiermark. Sagte sie. Ihre Mutter hatte irgendwelche Einkäufe in Wien zu erledigen und wir liefen uns im Großmarkt über den Weg, wo ich Kisten für Obsthändler schleppte und mir ein paar Schillinge verdiente. Hier konnte ich mir auch alles Mögliche Essbare stehlen und damit meinen ständigen Begleiter, den Hunger, halbwegs in Schach halten.

Die Kleine war einfach süß. Wir trafen uns am Abend, weil ihre Mutter für ein paar Stunden zu einer Besprechung musste und sie in ihrer Unterkunft allein ließ. Das Mädel hatte Kopfschmerzen vorgetäuscht.

Wir trafen uns unten auf der Straße und liefen ein paar wenige Stunden an der Donau entlang. Und machten so dies und das, was junge Leute eben so machen.

Jetzt stand da draußen der Alte und tobte. Sie hatte einen auffällig dicken Bauch, und das war offensichtlich auch das, was den Alten zum Rasen brachte.

Er schrie auf der Straße herum, dass es ein Verbrechen sei, ein 14 jähriges Mädchen zu schwängern, ja zu vergewaltigen und sie dann mit dem dicken Bauch zurückzulassen. Draußen verprügelte er mich rasend vor Wut. Er würde mir eine Vaterschaftsklage anhängen, das würde mich teuer zu stehen kommen.

Irgendwann griffen meine Mitbewohner in den Streit ein und trennten uns. Der Alte wütete noch die halbe Nacht auf der Straße weiter und drohte, am nächsten Tag mit der Polizei wiederzukommen.

Ich war völlig panisch und machte die ganze Nacht kein Auge zu. Mein Gesicht war von den Schlägen aufgequollen und ich hatte höllische Schmerzen. Wenn die anderen nicht gekommen wären, hätte der mir alle Knochen gebrochen. Hier konnte ich auf keinen Fall bleiben.

In aller Frühe packte ich meine Sachen und machte mich auf den Weg zum Bahnhof. Etwa 2 Wochen brauchte ich für die Fahrt nach Paris. Ich stieg in Züge ein und wenn der Schaffner mich erwischte, nahm ich am nächsten Bahnhof Reißaus und fuhr ein paar Tage später in der gleichen Weise weiter.

Ich wollte Künstler werden. In Wien war mein Entschluss schon gereift. Jetzt hier auf der Fahrt nach Paris ergriff diese Vorstellung Gewalt über mich. Ich hatte die Hoffnung, nein die Gewissheit, dass mein Weg dem des großen Kokoschka folgen würde. Auf seinen Spuren würde ich ein berühmter Künstler werden, der dieses Jahrhundert prägen würde. Paris war erst der Anfang!

Diese Hoffnung hielt mich damals am Leben. Die Hoffnung auf den Durchbruch. Im ersten Jahr in Paris besuchte ich mit strenger Disziplin die Zeichenkurse von Emile Renard und lernte dort das „Handwerk". Abends und nachts malte ich wie im Wahn meine Bilder. Dann starb Renard und die Schule wurde geschlossen.

Inzwischen standen meine Bilder denen von Toulouse-Lautrec und Kokoschka in nichts nach.

Und doch hatte Kokoschka die großen Auftritte. Ich hatte seine Vernissage in Paris besucht und war sicher, dass sie auch meine Werke einst feiern würden.

Die Wirklichkeit war aber eine andere. Als Straßenkünstler zeichnete ich jahrelang am Montmartre Porträts für die Amerikaner, die auf Europareise die französische Lebensart spüren wollten und die mir ein paar Sous zahlten, damit sie zu Hause in Minnesota meine Bilder über ihr Sofa hängen konnten.

Kokoschka war mein Ziel. Die Bohème in Paris mein Weg. Und doch sah ich sie alle vorbeiziehen, wie die Piaf, die einst kurz zu unserer Gruppe gehörte, bevor sie in epochale Höhen entschwand.

Das Leben in der Bohème war teuer. Ich lebte in einem Loch an der Rue Berget. Wer am Montmartre nicht ständig präsent war, verlor schnell seinen vorderen Platz, wo die Amerikaner als zuerst vorbeikamen. Wenn man zu spät kam und auf den hinteren Plätzen landete, waren die Flaneure bereits schwer mit Bildern bepackt und man war nur noch Staffage für die Pariser Savoir-vivre –Ausstellung.

Abends trafen wir uns in den billigen Bars am Place Vallit und Absinth floss in Strömen, was den Kampf um die vorderen Plätze am Montmartre zunehmend schwieriger machte, weil ich es einfach nicht mehr am Vormittag aus meinem Drecksloch heraus schaffte.

Und die Frauen. Paris hatte die schönsten Frauen der Welt. Und die wollten immer Geld, Geld, Geld. Verdammte Scheiße, immer nur Geld. Ich musste mir Geld leihen, dass ich nicht zurückzahlen konnte. Die Stimmung am Montmartre wurde immer aggressiver. Die Stimmung gegen die Deutschen kippte immer öfter und meine finanzielle Situation wurde immer mehr zum Desaster.

Dann hatte ich den Fehler meines Lebens gemacht. Anstatt die Finger von den Nutten und vom Absinth zu lassen, hatte ich mich bis an die Halskrause bei einem Geldverleiher verschuldet. Dieser verlangte ultimativ die Rückzahlung, was unmöglich war. Ich stand vor dem Nichts und der Durchbruch zum neuen Kokoschka rückte in immer weitere Fernen.

Eines Abends brachte jemand eine Gruppe Schauspieler mit in die Bar, darunter auch eine junge Spanierin *Alba,* die mich sofort in ihren Bann zog. *Julien,* der Chèf der Gauklertruppe, war anscheinend seinerseits fasziniert von mir, nicht nur, weil ich mit meiner Körpergröße und den blonden Haaren ideal in sein Ensemble passte.

Nach diversen Flaschen Rotwein bot er mir ein Engagement an. Ein Problem war die Gage und ich konnte Julien überreden, meine Schulden bei dem Geldverleiher abzulösen, woraufhin ich mich verpflichtete, mich für einige Zeit nur für Kost und Logis als Schauspieler zu verdingen und mit ‚Les Miserables" auf Tournée zu gehen.

Die Aussicht auf eine Liaison mit der schönen Alba, verbunden mit einem Ende der Geldsorgen, verhießen mir einen goldenen Ausweg aus meiner Misere.

Welch eine Scharade. Alle hatten Künstlernamen und ich wurde als „Roger Luc" angepriesen, „Le Prusse". In billigen Theaterstücken musste ich meistens als Entrée die Marseilleise auf dem Piano spielen, wenn es denn in den „Theatern" eines gab. Klavier hatte ich schon bei meiner Mutter gelernt, die damit in ihren anthroposophischen Abenden mit langweiliger Hausmusik reüssierte. In den Stücken, die wir mit den Miserables aufführten, ging es meistens um Auftritte á la Laurel und Hardy, wobei mir immer die Rolle des deutschen Offiziers zukam, der sich mit Pickelhaube auf dem Kopf nach Strich und Faden blamierte. Der Mob buhte mich aus und schüttete lautstark grölend Hohn und Spott über mir aus. Mit der Nummer zogen wir durch die Städte in Südfrankreich. Lange Zeit gastierten wir auch in Genua und Ventimiglia, wo wir in einem schäbigen Haus am Strand lebten.

Trotz der täglichen Demütigungen durch das Publikum hatte ich meine glücklichste Zeit. Alba, die schöne Exotin, und ich waren seit dem Abend in Paris ein Paar. Sie fand nichts dabei, das ich jeden Abend heruntergeputzt wurde, für sie gehörte es einfach zur Rolle dazu. Schließlich waren alle Aufführungen immer gut besucht und Alba bekam die höchste Gage, denn ihre Paraderolle war, den Arschlöchern ihren Hintern hinzuhalten und am Strumpfband herumzunesteln.

Julien war klar, dass er seine Truppe ohne Alba dichtmachen konnte und entsprechend wurde bekam sie bei der Verteilung der Gage den größten Anteil – natürlich nach ihm selbst. Sie teilte mit mir, denn meine Gage hatte Julien ja schon dem Juden In Paris in den gierigen Rachen geschmissen. Meine Liebe zu Alba ließ mich ertragen, dass sie den Rotwein besorgte und ab und zu etwas Besseres zu essen als Weißbrot und Kartoffelsuppe.

1938 gastierten wir in Montpellier und Toulouse. Meine Rolle wurde zunehmend schwieriger, denn das Ansehen der Deutschen in Frankreich hatte inzwischen einen Tiefpunkt erreicht. Im ersten Jahr wurde ich noch ob meiner Lächerlichkeit mit der Pickelhaube ausgebuht. Inzwischen fand das niemand mehr lustig und es gab immer häufiger Momente, in denen man mir an die Gurgel wollte, allein nur, weil ich „Le Prusse" war. Auch in der Gruppe wurde ich zunehmend isoliert. In wichtige Entscheidungen war ich auch vorher nicht eingebunden, aber jetzt wurde ich geschnitten. Seit dem Frühjahr waren meine Schulden abgegolten und Julien hatte mir eine mickrige Gage angeboten. Alba und ich stritten uns immer häufiger. Nicht zuletzt, weil sich die Gruppe immer weiter politisierte, wodurch ich immer weiter ins Abseits geriet.

Und dann kam ohne jede Vorwarnung der endgültige Bruch.

Das werde ich niemals verzeihen können! Niemals verzeihen!

Alba sagte mir, dass sie ein Kind bekommt. Aber das war unmöglich! Wie sollte das gehen? Ich wollte nie ein Kind und wovon sollten wir leben? Mit einem Balg am Hals kannst du nicht mehr Theater spielen und wovon sollen wir leben, wo wir doch gerade genug für uns selbst hatten. Ich wollte, dass sie es wegmacht. Der Streit dauerte über mehrere Tage und ich musste aus ihrem Zimmer ausziehen. Sie könne mich nicht mehr ertragen. Ich nahm mir ein kleines Zimmer, was meine Gage komplett auffraß.

Dann kam an einem Tag alles zusammen.

Die Halsabschneiderin von der Pension übergab mir am Morgen 2 Briefe, die meine Welt vernichteten.

In dem einen Brief teilte mir Julien in knappen Worten mit, dass die Zeit nicht mehr danach sei, einen Deutschen als Mitglied im Ensemble zu halten und dass ich somit ab sofort entlassen sei.

Der andere Brief machte mich vollkommen sprachlos. Alba hatte sich offensichtlich mit Julien abgesprochen.

Sie schrieb mir, dass ihr in der letzten Zeit bewusst geworden, dass sie nicht mehr neutral bleiben könne. Als Sephardim müsse sie für ihr Volk kämpfen und deshalb habe sie eine Entscheidung getroffen. Unsere Liebe sei schon lange kaputt gewesen, aber jetzt sei sie am

Ende. Ihr Kind habe ein Recht, als freier Sephardim aufzuwachsen. Ein Deutscher als Vater sei undenkbar und das Kind würde niemals davon erfahren.

Mit „Es lebe ein freies Katalonien! Es lebe der sephardische Widerstand, leb wohl, Alba" hatte sie den Brief auf deutsch signiert.

Ich war vernichtet.

Ich konnte es nicht wahrhaben und lief raus zu ihrem Quartier, aus dem sie mich vor einigen Tagen herausgeprügelt hatten. Sie waren abgereist. Ich war allein.

Und ich würde für immer allein bleiben.

Ich soff, bis ich kotzen musste, schleppte mich wie von Sinnen zurück in die Herberge und fiel in einen Schlaf, aus dem ich immer wieder mit Alpträumen erwachte, einen hämmernden Schmerz in meinem Kopf und meiner Seele. Ich konnte nicht tiefer sinken.

Aber irgendwann knallte die Tür auf und drei Männer marschierten vor meinem Bett auf. Deutsche Männer.

„Sie sind Arthur Sennemann?" brüllte mich der eine an. Ich rappelte mich hoch „ja" sagte ich mit versoffener Stimme. „Geheime Staatspolizei. Sennemann, aufstehen! Ziehen sie sich mal was Anständiges an, meine Fresse, wie stinkt es denn hier." Ich wusste nicht, was los war. Was wollten DIE denn von mir? Seine Worte im Befehlston ließen mich wehrlos werden; ich zog meine Hose und mein Hemd an. Da knallten schon die nächsten Worte in den Raum.

„Wo ist Dein Judenflittchen?" Was geht eigentlich in Deinem kranken Hirn vor sich, mit Juden und Zigeunern durch die Gegend zu ziehen und mittags besoffen hier rumzulungern?"

„Mann Sennemann, haben sie gar keinen Stolz im Leibe? Jetzt stellen Sie sich hier mal hin, jetzt ist mal Schluss mit lustig."

„Sennemann, wie soll das denn hier weitergehen?"

Ich fühlte nur Leere. Angst machte sich breit.

„Antwort?" brüllte mich der andere an. „Haben Sie eigentlich irgendwann mal gedient? Dann wirds jetzt aber mal Zeit."

„Sennemann, reißen sie sich zusammen und beenden diese Sauerei hier!"

„Wieder fiel mir nur ein: „Ja" mein Kopf hämmerte und mir wurde wieder übel.

„Und jetzt nochmal deutlicher: Wo ist das Judenflittchen?"

„Ich weiß es nicht. Sie ist nicht mehr da."

„Und das soll ich Ihnen glauben? Wollen Sie mich hier verarschen?"

„Darf ich mal austreten?" meine Blase war kurz vor dem Platzen, vielleicht könnte ich dabei einen klaren Gedanken fassen.

„Ich habe gefragt, ob Sie mich verarschen wollen. Es ist mir scheißegal, aber pissen gehen Sie jetzt hier ganz sicher nicht."

„Also Sennemann: Folgender Vorschlag: Sie beenden diesen Zustand hier und lassen sich mal wieder im Reich blicken. Und dann sehen Sie zu, dass sie einen strammen deutschen Stammhalter in die Welt setzen, damit wir sehen, dass sie uns hier nicht verarschen. Und dann melden Sie sich gefälligst zum Dienst am Vaterland. Haben wir uns verstanden?"

„Ja"

„Dann bewegen Sie jetzt ihren Arsch zum Bahnhof und nehmen den nächsten Zug ins Reich. Montag melden Sie sich bei Müller in Marburg – er zeigte auf den Dritten, der bis jetzt noch nichts gesagt hatte. Polizeidienststelle Adolf Hitler Straße, 11 Uhr. Haben wir uns verstanden?

„Ja".

Und wenn ich merke, dass Sie *Müller* verarschen, dann ziehen Sie sich warm an. Ich finde Sie. Bei dem Gestank wird mir übel, los, raus hier. Müller, Sie geben mir Montag Rapport!" Müller nickte. Die drei drehten sich um und ich konnte mich endlich erleichtern.

Ich war vollkommen erledigt. Die würden mir auf Schritt und Tritt auf den Fersen bleiben.

Wie sollte ich Alba finden? Alba, meine geliebte Alba, was hast du getan?

Es klopfte wieder und die Herbergsmutter stand in der Tür. Sie teilte mir mit, dass ich noch für die letzten beiden Tage zahlen müsse und dann möge ich verschwinden und mich hier nicht mehr blicken lassen. Ich würde ihr mit meinem Besuch ja noch die Pest an den Hals holen.

Nachdem ich meine Habseligkeiten zusammengepackt hatte, zahlte und verließ das Haus.

Ich war wütend, verzweifelt, auf Alba, auf die Deutschen, ich weiß nicht, auf alle. In Marburg war ich noch nie gewesen. Deutschland hatte ich schon so lange hinter mir gelassen. Wann hatte ich zum letzten Mal deutsch gesprochen? Es musste Jahre her sein, vielleicht das ein oder andere Mal in Paris. Und seit über 10 Jahren war ich nicht mehr in Deutschland gewesen. Es kam in meinem Denken schon lange nicht mehr vor. Eigentlich war ich kein Deutscher – aber jetzt.

Resigniert begab ich mich auf den Weg zum Bahnhof. Mir war klar, dass ihre Augen an meinen Fersen hingen. Zuerst musste ich einen Fahrschein nach Paris lösen. Von dort gab es einen Zug nach Köln und dann irgendwie nach Marburg. Mein Geld war alle. Aber das war jetzt auch egal.

In Marburg meldete ich mich wie befohlen bei der Polizei. Müller war nicht anwesend, aber ein dicklicher alter Polizist, *Alfred Bettinger*, war schon auf mich vorbereitet. „Herr Sennemann, Sie wollen sich in unserem schönen Städtchen niederlassen? Die Kollegen sagten mir, dass Sie auf Brautschau sind. Bestens. Sie kommen heute Abend zu mir nach Hause und dann wollen wir mal sehen, ob das mit meiner *Traude* passt. Sie will unter keine Haube schlüpfen und so viel Auswahl gab es bis jetzt leider auch noch nicht. Aber wir werden es schon richten. Jetzt gebe ich mal dem Hauptmann Müller Bescheid, dass Sie hier erschienen sind. Ach so, sagen wir um 6 Uhr, Bechlingstr. 7."

Ich war völlig von der Rolle. Ein Alptraum war Wahrheit geworden. Alba hatte mich verlassen. Bis dahin hatte noch immer ICH die Frauen verlassen, wenn es mir genug war. Und jetzt stand hier in diesem unbekannten Provinznest und ein schmieriger Bulle versuchte mich mit seiner Tochter zu verkuppeln. Wer war ich eigentlich, dass ich dieses Affentheater mitmachte.

Nur die Angst lies mich gute Miene zum bösen Spiel machen. Der Gestapo-Mann hatte nicht mal seinen Namen gesagt. Aber er mir hatte keine Illusion gelassen, dass es beim nächsten Aufeinandertreffen weh tun würde. Und schon musste ich wieder an Alba denken. Ich bekam die Gedanken nicht weg.

Alba, immer nur Alba. Wo war Alba?

„Ich hätte noch eine Frage…" „Ja?"

„Könnten Sie mir mit etwas Kleingeld aushelfen, ich habe seit 2 Tagen nichts mehr gegessen." Bettinger tippte sich an die Stirn. Dann kramte er in seiner Aktentasche herum und drückte mir eine Dose mit Butterbroten in die Hand. „Das sollte mal bis heute Abend reichen und dann soll die Frau am Herd mal was Leckeres zaubern, woll?" „Ja, danke". Damit schlich ich mich aus der Polizeistation.

Alba, Alba – meine Gedanken kreisten. Ich hatte Herzstiche.

Ich vertrieb mir den Nachmittag mit Langeweile und aß meine Stullen - Mettwurst mit dick Butter – köstlich. Seit meiner Abfahrt in Paris hatte ich nichts mehr zu Essen gehabt und dadurch schmeckten die Brote umso besser. Der Hunger verging dadurch aber nur kurz.

Die Aussicht auf ein gutbürgerliches Essen war auch mein einziger Beweggrund, da am Abend hinzugehen.

Alfred Bettinger öffnete mir die Tür. Seine Polizeiuniform hatte er in eine normale Hose mit Hemd getauscht und sah damit nicht mehr so aufgeblasen aus, wie am Mittag. Schon vor dem Haus roch es nach Essen. In der Stube begrüßten mich auch *Frau Bettinger* und eben besagte Traude.

Meine schlimmsten Befürchtungen wurden wahr. Frau Bettinger war noch einen Kopf kleiner als ihr Mann, dafür brachte sie sicher das doppelte Gewicht auf die Waage. Traude stand ihrer Mutter in nichts nach. Splissige, mittelblonde Haare umspannten ihren kugelrunden Kopf. Ihr Alter schätzte ich auf ungefähr dreißig. Es war klar, dass sie auf dem Heiratsmarkt nur überschaubare Chancen hatte.

Im Wohnzimmer stand ein großer Esstisch, der schon mit Tischdecke und goldgerändertem Porzellan aufgedeckt war. Frau Bettinger brachte eine Platte mit Schweinebraten, dazu gab es Rotkohl und Kartoffeln. Es brachte mich schier um den Verstand, lange hatte ich nicht mehr ein solch üppiges Mahl genossen. Bettinger hatte eine Flasche Weißwein entkorkt und ich war schon nach dem ersten Gläschen leicht angesäuselt. Das reichhaltige Essen in Kombination mit dem Wein und das schleppende Gespräch ließen mich tief müde werden. Frau Bettinger fragte mich in einer mütterlichen Herzlichkeit aus. Ich kramte meine gutbürgerlichen Erinnerungen wieder hervor, lobte sie für den Schweinebraten und erzählte ein wenig von meiner westfälischen Kindheit. Müller hatte Bettinger erzählt, ich sei *Kunstlehrer*. Meine Schläfrigkeit und das Gefühl der vollkommenen Sattheit nahmen mir die Kraft, diese Legende wieder gerade zu rücken. Mein Instinkt sagte mir nach der Erfahrung in Toulouse auch, dass ich vorsichtig sein musste und die Bettingers besser nicht allzu tief in meine Seele blicken lassen sollte. Bettinger würde morgen früh zuerst mit Müller telefonieren und da sollte ich mich besser auf das Spiel einlassen. Das gab mir Zeit, meine Situation zu überdenken und das war mehr als dringend nötig.

„Herr Sennemann, wo übernachten sie eigentlich?" Frau Bettinger hatte mein vordringlichstes Problem erkannt, denn ich hatte mich um nichts gekümmert. Mangels Geld war auch an eine Übernachtung im Hotel nicht zu denken. Ich war auf die Frage nicht vorbereitet und so bot mir Frau Bettinger das Fremdenzimmer an, eine kleine Kammer mit Bett, Stuhl und Tisch. Ich hatte keine Kraft mehr, mich dieser Herzlichkeit entgegenzustemmen und so nahm ich das Angebot dankbar an, auch wenn die insgesamte Entwicklung der Situation für mich völlig in Grütze lief. Einige Minuten später sank ich in die dicken Kissen und fiel in einen tiefen Schlaf.

Ich träumte von Alba.

Sie ließen mich ausschlafen und gegen neun erwachte ich in meiner Kammer. Ich machte mich in einer Waschschüssel, die auf dem Tisch stand, etwas frisch und öffnete die Tür, wo Frau Bettinger herumwirbelte und mich lächelnd begrüßte. Sie lenkte mich in die Küche, in der auf einem kleinen Tisch bereits zwei Wurstbrote auf dem Teller lagen. Dazu schenkte sie mir eine Tasse Kaffee ein. Ich wunderte mich insgeheim, wie diese einfachen Leute an Wurst und Kaffee kamen, denn so besonders war die Versorgungslage auch in Deutschland nicht. Bettinger schien seine Verbindungen zu haben.

„Herr Sennemann, mein Mann lässt ausrichten, dass sie sich bitte nach dem Frühstück noch einmal bei ihm melden sollen. Es geht um irgendwelche Behördenvorgänge." Schlagartig war ich wieder im Hier und Heute angekommen. Bis eben hatte ich noch die Gedanken an das, was kommen würde, verdrängt.

Auf der Polizeistation empfing mich Bettinger mit einem fröhlichen „Guten Morgen", um dann einige Papiere auf den Tresen in der Polizeistube zu legen. „Hauptmann Müller hat mich gebeten, eben den Papierkram mit Ihnen durchzugehen. Er hat das schon soweit vorbereitet.

Hier ist eine Meldebescheinigung. Wir haben Sie erstmal bei uns angemeldet, bis wir wissen, wie es weitergeht." Ich unterschrieb notgedrungen. „Hauptmann Müller hat Ihnen sogar schon eine Stelle an der Herrmann-Göring-Schule besorgt, der denkt wirklich an alles. Sie sollen sich da noch heute Vormittag im Sekretariat melden". Mich traf der Schlag. Dachten die im Ernst daran, dass ich es hier länger als heute oder morgen aushalten würde. – Kunstlehrer – das war so ziemlich das Letzte, was ich jetzt gebrauchen konnte.

„Und dann ist da noch der Musterungsbefehl. Nächsten Dienstag 8 Uhr, Hindenburgkaserne, das können Sie noch gut zu Fuß erreichen." Mangels Ideen, wie ich aus dieser verzweifelten Nummer herauskommen sollte, stellte ich mich in der Schule vor und da heute die Sommerferien zu Ende waren, sollte ich am nächsten Morgen anfangen.

So wurde ich also Kunstlehrer und schlug mich mit rotzlöffigen Dreikäsehochs und pampigen Backfischen herum, denen ich die verschiedenen Maltechniken beibringen sollte. Es war, als würden Perlen vor die Säue geworfen.

Die Musterung bescheinigte mir vollkommene Gesundheit „uneingeschränkte Kriegstauglichkeit", abgesehen von leichtem Untergewicht, was ich aber mit der Hilfe von Frau Bettinger schnell wieder in den Griff bekommen sollte.

In der zweiten Woche an der Schule tauchte Hauptmann Müller im Lehrerzimmer auf und erkundigte sich nach dem Stand der Dinge. Es war unverkennbar, dass das als Disziplinierungsmaßnahme gedacht war. Danach kreuzte er etwa einmal im Monat bei mir auf, immer in der Schule.

Ich hatte noch immer keinen Plan fassen können, wie ich mich aus dieser Lage wieder befreien sollte. Jeder Versuch, zurück nach Frankreich zu gehen, würde mir unweigerlich sofort einen weiteren

Besuch des Herrn Vorgesetzten von Hauptmann Müller bescheren. Es machte mich innerlich rasend, dass ich seinen Namen nicht kannte. Und das war wohl auch Sinn der Sache. Sie wollten mich unter völliger Kontrolle halten.

So wurde ich also Kunstlehrer. Im Spätherbst 39 mussten Traude und ich heiraten. Müller hatte mir das bei einem seiner Besuche nahegelegt.

Wir wohnten bei den Bettingers. Traude und ich bekamen ihr altes Zimmer und dazu das Fremdenzimmer. Worte wechselten wir selten, worüber hätten wir uns auch unterhalten können. Wir lebten in völlig anderen Welten und nur die Kochkünste von Frau Bettinger (seit der Hochzeit *Elisabeth*) ließen mich die Gegenwart erträglich erscheinen. Ich nahm wenigstens wieder zu.

Im Sommer 40 wurde dann Lars geboren. Müller und Alfred (Bettinger) hatten sich anscheinend schon auf den Namen geeinigt. Traude und ich hatten da mehr oder weniger nichts zu melden.

Kurze Zeit nach der Geburt von Lars erschienen wieder die drei Herren von der Gestapo. Müller kannte ich ja inzwischen so einigermaßen. Die beiden anderen stellten sich auch dieses Mal nicht vor. Ich war vorsichtig genug, nicht weiter nachzufragen.

„Na Sennemann, da haben wir Sie ja ordentlich zurück auf Spur gebracht, was? Glückwunsch zum arischen Stammhalter, der Führer wird sich freuen. Wenigstens das hat ja wohl auf Anhieb geklappt, haha. Und sonst? Hausmannskost ist doch was Anständigeres als die Flausen mit dem Judenflittchen. Wie?" Ich fühlte mich elend. „Ich habe gefragt: WIE?" „Jawoll" pflichtete ich ihm bei. „Weiter so, Sennemann, nur weiter so."

Die Schule war schrecklich. Kein Blag hatte auch nur den Funken Talent für Kunst und so malten wir gelangweilt die hingeschmierten Bildchen zusammen. Reine Papierverschwendung. Ich vergab geschönte Noten, um möglichst nicht weiter aufzufallen und mir nicht irgendwelchen Ärger einzuhandeln. Ich legte keinen Wert auf weitere Besuche der 3 Herren. Müller reichte mir einmal im Monat.

Lars brüllte jede Nacht, bis ich wieder ins Fremdenzimmer umzog, damit Traude und ihre Mutter sich um den Jungen kümmern konnten. Zu diesem Schlafentzug kamen ständige Träume von Alba.

Ich hatte Sehnsucht nach ihrem wunderschönen Körper und hätte alles dafür gegeben, die Geschehnisse umzukehren. Alles.

Die Schulleitung hatte mir irgendwann vorgeschlagen, dass ich auch in den anderen Schulen unterrichten sollte und so fuhr ich mit dem Fahrrad über Land, um auch den Dorfschüler in der ländlichen Umgebung die hohe Kunst nahezubringen. Ich selbst hatte jetzt schon lange nicht mehr gemalt und das fehlte mir. Aber es war einfach zu wenig Platz für eine Staffelei und Alfred und Elisabeth hätte mich wahrscheinlich für völlig verrückt erklärt.

Das Gebrülle von Lars und die Alpträume von Alba machten mich mit der Zeit mürbe. Ich nur noch ein Schatten meiner selbst, bildlich gesehen, falls ich das gute Essen meiner „Schwiegermutter" noch nicht erwähnt haben sollte.

Im Spätherbst tauchten Müller und die beiden Schattenmänner in einer meiner Dorfschulen auf.

„Sennemann, wie steht's eigentlich mit Ihrer Schwester? Hat wohl die gleichen Flausen im Kopf wie ihr ehrenwerter Bruder!"

„*Ulrike*? Ich habe sie nicht mehr gesehen, seit ich 16 war."

„Na, wer's glaubt, wird selig." „Was ist denn mit Ulrike?" tastete ich mich vorsichtig ran.

„Jetzt macht er hier einen auf ahnungslos, wollen sie mich schon wieder verarschen?" „Nein, ich weiß es wirklich nicht. Wir hatten seit unserer Kindheit keinen Kontakt."

„Na, dann will ich Ihnen mal auf die Sprünge helfen. Die Schlampe sich einen Bastard andrehen lassen, das kommt Ihnen doch bekannt vor, was? Hat aber Glück gehabt und sich von einem unserer, sagen wir mal, ,Kunden' heiraten lassen. Gute Partie, muss ich schon sagen."

Ich hatte überhaupt keine Ahnung. Ulrike war zwar meine Schwester, aber als ich mich auf den Weg in die weite Welt gemacht hatte, war sie schon von zu Hause ausgezogen. Ich wusste absolut nichts von ihr.

„Sennemann, wie wär's mal mit einem netten Sonntagsbesuch, sozusagen von Familie zu Familie?"

„Wo ist sie denn? Ich weiß wirklich nichts von ihr."

„Sennemann, das können sie mir hier nicht weismachen. Aschaffenburg? Rendsberg-Werke? Noch nie gehört? Hören Sie auf mit den Spielchen."

„Ich spiele keine Spielchen." Wut kroch in mir hoch. „Wenn sie was von mir wollen, dann müssen Sie mir schon sagen, was Sache ist." Ich erschrak über meine scharfen Worte. Allmählich war das Fass voll. Die sollten mich doch einfach mal in Ruhe lassen. Kreuzweise am Arsch lecken, würde mein gegenüber sich wohl ausdrücken.

„Sennemann, Sennemann. Also, Butter bei die Fische: Ulrike Sennemann hat vor einigen Jahren einen Industriellen geheiratet - *Herrmann Rendsberg* -. Ihren Bastard hat unser Freund adoptiert. Und Muttern ist auch gleich mit eingezogen. Hat ein wenig die falschen Vorbilder und macht einen auf Anthroposophie. Will seine Schräubchen nicht an die Wehrmacht verkaufen und agitiert die süße Kleine mit den Machwerken eines gewissen Rudolph Steiner".

Sennemann, um es kurz zu machen. Sie fahren da jetzt mal mit ihrer Traude hin und dann machen sie einen auf heile Welt, haben wir uns verstanden? Wir wüssten gern, was da so bei Kaffee und Kuchen gequatscht wird. Alles klar?"

Und so machten wir uns an einem der nächsten Sonntage auf den Weg nach Aschaffenburg.

Meine Mutter war grau geworden, und Ulrike stellte ein biederes Mäuschen dar. Ich hätte sie nicht mehr wieder erkannt. Herrmann fing gleich mit dem ‚Du' an, hieß uns willkommen und freute sich anscheinend ehrlich auf den verlorenen Bruder nebst Anhang. Und so verbrachten wir einen langen, belanglosen Nachmittag im Salon. Die kleine Clara, Tochter von Ulrike, aber nicht von Herrmann, spielte ‚Mutter und Kind' mit dem armen Lars, der das in stoischer Ruhe über sich ergehen ließ. Wie zufällig ließ ich irgendwann meine ‚staunenden' Blicke über die gewaltige Bücherwand schweifen und zog, wie zufällig ‚Das Wesen der Farben' heraus. Herrmann war selig, und so fachsimpelten wir über Bild und Glanzfarben und er brachte mich bei den Interpretationen Steiners auf den neuesten Stand.

Die Frauen machten derweil einen Spaziergang mit Kinderwagen durch den Park, der die Villa umschloss. Herrmann war Erbe der

'Rendsberger Schraubenwerke' und hatte sich in 20 Jahren zum deutschen Marktführer hochgearbeitet. Er war bestimmt 15 Jahre älter als Ulrike, aber das passte zu ihr. Meine Welt war das allerdings nicht.

Zum Abschied brachte uns Herrmann mit dem Mercedes zum Bahnhof. Meine Mutter weinte, als wir einstiegen und wollte gar nicht von Lars ablassen. Wir versprachen uns ein baldiges Wiedersehen und dann drückte Herrmann aufs Gaspedal. Im Zug dämmerte mir, dass ich ein Problem hatte. Was sollte ich Müller und den beiden anderen erzählen? Da war schließlich nichts, außer einer Fachdiskussion über die Farbenlehre, mit der ich sowieso nicht viel am Hut hatte.

Müller stand am Montag morgen wie bestellt vor dem Lehrerzimmer. Gottseidank waren die Namenlosen nicht dabei; Müller war nicht so hart. Ich berichtete ihm von unserem Sonntagsausflug. Er nahm es reglos zur Kenntnis und das war's. Mich ließ er mit einem mulmigen Gefühl zurück, dass das noch nicht alles war. Aber hier irrte ich mich und es kam nie wieder die Sprache auf Ulrike.

Fast ein halbes Jahr war danach Ruhe, außer den gelegentlichen Besuchen von Müller.

Dann kam der Hammer. Sofortiger Stellungsbefehl zum nächsten Monatsanfang! Nach Russland.

Ich lief panisch zur Polizeiwache und ließ mich von Alfred mit Müller verbinden. Alfred maulte herum, ob ich noch alle Tassen im Schrank hätte, schließlich sei das hier keine öffentliche Telefonagentur. Aber er sah mir wohl an, dass ich es ernst meinte und ließ sich die Verbindung mit Müller herstellen.

Müller war knapp angebunden. Schließlich sei ich ja wohl nicht der Einzige, der einen Stellungsbefehl bekommen würde. Ob ich dem Führer nicht folgen wolle? „Doch, doch", beschwichtigte ich. Alle Hoffnung war nun verloren.

Damit würde ein Wiedersehen mit Alba wohl unerreichbar.

Ständig hatte ich Pläne gewälzt, die mich zurück nach Frankreich führen sollten. Jetzt blieb mir nicht mal mehr die Hoffnung.

Ausgerechnet Russland!

Am nächsten Morgen standen Müller und seine beiden Unbekannten vor der Schule und fingen mich ab. Wir gingen ins Zimmer vom Direktor, der sein Wirken gern erst zum späteren Vormittag aufnahm.

Mein bekannter Unbekannter kam gleich zur Sache. „So Sennemann, gibt's was zu nörgeln? Der Herr will es sich wohl lieber bei Muttern bequem machen, während die Anderen ihre Rübe für den Führer hinhalten, was? Wissen Sie, wie man so was nennt: Kameradenschwein! Das kommt nicht so gut rüber, im Feld." Ich schaltete in den Kriechgang. „Nein, das haben sie völlig missverstanden. Selbstverständlich will ich dienen. Aber Russland…"

„Sennemann, wir haben uns auch schon Gedanken gemacht. Es gäbe da einen gewissen Bedarf und Sie können doch ganz gut französisch und italienisch, was?"

„Ja?" Ich war vorsichtig. Man wusste nie, was als Nächstes kommt.

„Schon mal was vom Sicherheitsdienst gehört?" „Ja…?"

„Sennemann, da erwartet der Führer aber ein Mindestmaß an Haltung! Und da meldet man sich gefälligst freiwillig. Darf ich der Stabsstelle melden, dass Sennemann sich freiwillig zum SD meldet? Dann können wir ja vielleicht noch mal mit Frankreich ins Geschäft kommen. Aber keine Mätzchen mit irgendwelchen Judenflittchen anfangen, haben wir uns verstanden?"

„Jawoll!"

„Sonst, ich sag nur: Ostfront! Verstanden?"

„Jawoll, ich habe verstanden". Grußlos verließen die drei das Zimmer und ich ging in die Klasse, um mit den lärmenden Gören lächerliche Malversuche zu unternehmen.

Ich wurde euphorisch, denn ich würde Alba wiedersehen. Ich träumte davon, wie wir in Perpignon oder Barcelona leben würden. Ich würde alles dafür tun, sogar Sepharde werden.

Uns so meldete ich mich also am 12. Mai 1941 freiwillig zum SD. Zum Abschied hatte mir Elisabeth noch Wurstpakete eingepackt, mit denen ich wahrscheinlich bis Weihnachten gut über die Runden kommen würde. Am Abend vorher gab es noch einmal Schweinebraten und Bier. Sie brachten mich zum Bahnhof, also ohne Alfred; aber Elisabeth, Traude und Lars waren mitgekommen, um mir nachzuwinken. Elisabeth fiel mir um den Hals, als der Zug eingefahren war. Mit Traude, die Lars auf dem Arm trug, war der Abschied hingegen etwas kühler.

Endlich im Zug. Über Köln und Brüssel fuhr ich nach Paris und meldete mich spätabends in einer Dienststelle des SD in der Nähe des Elyssee. Paris hatte sich verändert, seit ich hier gelebt hatte. Überall wimmelte es von Wehrmachtssoldaten und die Menschen auf den Straßen wirkten irgendwie gedrückt. Hier schien sich ein neuer Geist seine Bahn zu brechen.

Nachdem sie mich eindeutig identifiziert und vollständig durchsucht hatten, wurde mir befohlen, in einer Kaserne in der Nähe Quartier zu beziehen und am nächsten Morgen um 6 Uhr zum Appell zu erscheinen. Ich fügte mich diesen ganzen Mätzchen vordergründig, denn natürlich hatte ich nicht vor, mich lange mit dem Dienst am Vaterlande aufzuhalten. Ich würde einen Weg finden, um nach Südfrankreich zu kommen und Alba zu finden. Ich war so nahe an meinem Ziel, wie nicht mehr seit meiner unerfreulichen Abreise vor drei Jahren. In der Kaserne lagen wir zu sechst auf einer Stube. Als Neuling bekam ich natürlich das Bett direkt an der Tür, die wiederum direkt neben der Latrine lag, so dass ich morgens immer genau wusste, wer wann in der Nacht pissen war. Egal, das war hier nur ein Übergang.

Ich wurde im untersten Dienstgrad einer Funkereinheit zugeteilt und musste die Funksprüche simultan für meinen Vorgesetzten Leutnant *Adolf Meier* übersetzen. Meier war ein muskulöser Mitzwanziger mit Pfälzer Dialekt. Meier machte sich Notizen. Ansonsten sprach er nicht weiter mit mir. Nachdem ich 4 Stunden lang dämliches Geplänkel übersetzt hatte, gab er mir den Befehl, mich in der Waffenausgabe zu melden und die nächsten Tage an Schießübungen teilzunehmen.

Beim Abendessen in der Kantine gab es einen Streit mit dem französischen Ehepaar, das zivil in der Essensausgabe arbeitete. Dabei überraschte mich, dass Meier akzentfrei französisch sprach. Wut wallte in mir auf, als mir klar wurde, dass dieses miese

Muskelpaket mich heute die ganze Zeit nur abgeprüft hat, ob ich ihm auch schön das übersetze, was so gefunkt wurde.

Nach Schießübungen und täglicher Leibesertüchtigung. Dauerlauf mit Bleibändern an den Handgelenken und Knöcheln, in Uniform, rauf zum Montmartre und zurück.

Ich war zu Tode erschrocken. Mein Platz von früher war wie leer gefegt. Hier und da standen Soldaten und rauchten. Insgeheim hatte ich gehofft, auf den ein oder anderen Bekannten von früher zu treffen und das als Ausgangspunkt meiner Suche nach Alba zu machen. Leider war ich nicht der Sportlichste, 3 Jahre deutsche Küche von Elisabeth waren nicht ganz ohne Wirkung geblieben. Und so hechelte ich meinen Kameraden hinterher und versuchte, nicht als Letzter zurückzukehren, was nach dem, was die anderen so erzählten, mit zusätzlichen Diensten verbunden war. Und ich wollte auf keinen Fall auffallen, um mir damit unnötigerweise den baldigen Abschied zu erschweren. Ich konzentrierte mich auf meine Aufgaben, seien sie auch noch so schwachsinnig, um mir damit den nötigen Spielraum für meinen Weg zu Alba zu erschaffen.

Nach einer Woche erschien, wie sollte es anders sein, mein Unbekannter von der Gestapo. Er wollte mir wohl freundschaftlich aber nachdrücklich klarmachen, dass ich weiterhin unter vollständiger Kontrolle stand. Dieses Mal war er allein. Ich wurde zur Stabsstelle kommandiert und musste dann eine Stunde vor der Tür warten. Zwischendurch kam jemand aus der Tür und schiss mich zusammen, dass ich gefälligst stramm zu stehen hätte. Und zwar die ganze Zeit, bis man sich meiner annehmen würde. Und so stand ich stramm vor der Tür, bis er die Tür öffnete und ich eintreten musste. „Sennemann, das läuft hier ja ganz gut an! Wie ich höre, engagieren Sie sich in Leibesertüchtigung. Er blubberte noch weiter herum, aber ich hatte seine Botschaft verstanden. Ich würde in jeder Minute unter seiner totalen Kontrolle stehen.

Umso wasserdichter musste mein Plan werden. Wenn auch nur der Hauch eines Zweifels an meiner positiven Einstellung zum Führer aufkommen würde, wäre ich geliefert.

Nach 3 Wochen wurde ich wieder vor das Funkgerät gesetzt, aber ab jetzt ging es richtig zur Sache. In Paris wimmelte es von

Widerstandsnestern und die Kommunikation zwischen den Widerständlern verlief nicht selten über Funk. Anscheinend ahnten sie nicht, dass wir sie abhörten. Ich hatte die Funksprüche zu übersetzen und davon musste ich Protokolle anfertigen. Das machte ich von morgens bis abends, nur unterbrochen von täglichen Dauerläufen in Uniform und mit Gewehr. Das Ding wog schon einiges. Aber mit der Zeit wurde ich geübter und konnte ohne größere Probleme 20 Kilometer abreißen, um mich danach 12 Stunden vor das Funkgerät zu setzen.

Was mit meinen Protokollen geschah, wurde mir nicht gesagt. Aber ich habe schon die Schreie der Gefangenen gehört und auch die Wagen, mit denen nachts diejenigen weggefahren wurden, die die Torturen nicht überlebten.

Ich hielt mich von allen persönlichen Kontakten fern, auch in der Schlafstube, in der die anderen sich jede Nacht bis zum Anschlag besoffen. Je mehr man redete, desto angreifbarer wurde man und ich hatte schließlich einen Plan, den ich nicht zufällig durch ein vertrauliches Wort riskieren wollte. Mein Ziel war, unter dem Radar zu fliegen und niemandem aufzufallen, um dann im richtigen Moment handeln zu können. Dieser Moment würde kommen, da war ich mir sicher und ich war wie die Katze vorm Mauseloch, die stundenlang bewegungslos warten konnte, um dann blitzschnell die herauskommende Maus zu töten.

Ab irgendwann lies ich mich zu Nachtschichten einteilen. Das hatte den Vorteil, dass ich tagsüber schlafen konnte, ohne das ständige Gegröle der Kameraden ertragen zu müssen. Auch trank ich niemals Alkohol, denn mir war nur zu bewusst, dass ich im Suff zu Vertraulichkeiten neigte. Vertraulichkeit wäre in meinem Fall aber tödlich, tödlich für meinen Plan oder vielleicht auch für mich selbst. Und nachts war ich auch seltener den Schikanen der jüngeren Offiziere ausgesetzt, die ihrem Sadismus gern freien Lauf ließen. Nachts hingegen schliefen auch sie ihren Vollrausch aus und ich hatte meine Ruhe. Wenn es keinen Funk gab, weil die Franzosen mit ihren Mädels in den Betten lagen, konnte ich von Alba träumen und mir ausmalen, wie ich sie finden würde.

Am meisten träumte ich aber, was ich dann mit ihr machen würde, wie damals am Strand von Ventimiglia.

Hin und wieder veranstalteten die Offiziere sogenannte Herrenabende, natürlich mit den einschlägigen Damen aus der Pariser Unterwelt. Ich musste an solchen Abenden Klavier spielen und die Paare tanzten, koksten und soffen. Als unterer Dienstgrad blieb mir nur die Musik und ich musste mich mit ausgehungerten Blicken auf die Mädels begnügen. Was für eine Scheiße, aber ich musste das aushalten, um nicht wieder ins Visier der Geheimen Staatsmacht genommen werden. Meine innere Anspannung nahm von Tag zu Tag zu; ich stand kurz vorm Platzen. Aber ich wusste auch, dass ich jeden Verlust der Selbstbeherrschung mit einer Fahrt nach Russland bezahlen müsste und dieser Preis ließ mich zu einem Meister der Selbstverleugnung heranreifen.

Etwa einmal im Monat tauchte der der geheime Staatspolizist auf, was mich innerlich verhärten ließ. Er war der eigentliche Feind und ich musste extrem auf der Hut sein, dass er nicht den geringsten Anlass für irgendeine Sanktion bei mir fand. Gegen Ende des Jahres 41 stand er plötzlich mitten in der Nacht im Funkraum. Ich erschrak zu Tode, denn ich hatte ihn vorab nicht gehört. Ich wusste, dass er den Funkbetrieb mehrfach abhören ließ, um den Wahrheitsgehalt meiner Protokolle zu prüfen. „Sennemann, wie ich höre, haben sie sich zum besten Funker in Paris gemausert. Da soll der Franzmann sich mal warm anziehen, bald gibt es hier niemand mehr, der aufmuckt. Übrigens, an der Ostfront werden auch gute Funker gebraucht." Ich hasste seine ständigen schmierigen Anspielungen, aber ließ mich nicht provozieren. Ich würde diesen Kampf gewinnen, dessen war ich mir sicher.

Aufgrund meines unteren Dienstgrades bekam ich im Grunde keine offizielle Information über die Situation. Aber als Funker wusste ich natürlich, was in der Resistance abging. Im Süden hatten wir riesige Probleme und nur allzu oft konnten die Petainisten nicht von der Resistance unterschieden werden. Die gesamte Organisation der Franzosen war unterwandert und es fiel den Deutschen zunehmend schwer, zwischen Freund und Feind zu unterscheiden. Dazu kam die geringe Präsenz besonders im Süden, weil alle Kräfte an der Ostfront gebunden waren. Die Deutschen, die eingesetzt wurden, konnten oft kein Wort französisch, was zu ständigen Missverständnissen und Fehleinschätzungen führte. Und die deutschsprachigen Franzosen, die als Dolmetscher eingesetzt wurden, erwiesen sich als in jeder Hinsicht unzuverlässig. Ihre Loyalität zum deutschen Vaterland ließ mehr als zu wünschen übrig.

Aber ich hatte einen neuen Plan. In den ersten Wochen in Paris hatte ich mir vorgenommen, auf einen günstigen Moment zu warten, in dem ich mich absetzen und auf eigene Faust in den Süden kommen würde. Mit der Zeit wurde mir klar, dass ich wohl nicht weit kommen würde. Mein Verschwinden würde sofort entdeckt werden und mit meinem Aussehen würde ich als Zivilist überall auffallen. Wo sollte ich auch mit meiner Suche nach Alba anfangen? Seit unserer Trennung hatte ich nichts mehr von ihr oder Les Miserables gehört. Ich hätte meine früheren Kontakte neu aufnehmen müssen und das war unmöglich, zumal wenn ich als Fahnenflüchtiger gesucht würde.

Wie gesagt, ich wusste aus den abgehörten Funksprüchen, dass im Süden dringend Dolmetscher gesucht wurden und hier sah ich endlich meine Chance. In SD-Quartier in Paris hatte ich gelernt, wie man jeden zum Sprechen bringen konnte und das würde mich zu Alba führen.

Kurz vor Weihnachten meldete ich mich also freiwillig für den Dienst an der Front. Schon Anfang januar wurde ich einbestellt. Der SD-Chef Paris gab mir den Befehl, mich unverzüglich nach Brive-la-Gaillarde in Corrèze zu begeben und dort in der SD-Dienststelle zu melden. Ich wurde zum SS-Rottenführer befördert und mir wurde ein Pass des Vichy-Regimes auf meinen alten Künstlernamen Roger Luc ausgehändigt. Diesen Namen hatte ich ab sofort wieder anzunehmen. Schwer fiel mir das nicht. Nach dieser Ansage musste ich mich beim Stabsarzt melden, der auf der Innenseite meines linken Oberarms SS-Runen eintätowierte und dazu eine „0", meine Blutgruppe. Wahrscheinlich, damit ich nicht vergesse, wo der Hammer auch in Zukunft hängen würde. Es gab keinen Weg zurück.

Der Abschied aus Paris fiel mir nicht schwer. Ich hatte die Kaserne nur zu den täglichen Dauerläufen verlassen dürfen und das Paris der Künstler und der Bohème, das ich so geliebt hatte, gab es nicht mehr. Die Besatzung hatte ihre tiefen Spuren hinterlassen und an allen Stellen war die Resignation und Depression zu spüren. Die Franzosen versuchten, jeden öffentlichen Kontakt zu uns zu vermeiden, um sich nicht dem Vorwurf der Kollaboration auszusetzen. Das konnte schnell tödlich enden. Klar hatten wir unsere Zuträger, aber der Kontakt lief über konspirative Treffen und geschah niemals spontan. Aber das war auch nicht im Entferntesten das, wonach mir der Sinn stand.

Trotz heftiger Schmerzen im Arm war meine Stimmung euphorisch. Das kannte ich schon von der Fahrt von Marburg nach Paris, als ich mich schon nah am Ziel gewähnt hatte. Doch das hier war ein gewaltiger Fortschritt; ich hatte die Hoffnung, dass ich mich im Süden und ausgestattet mit den Herrschaftsabzeichen freier bewegen konnte als in der völlig kontrollierten Kaserne in Paris.

2 Tage später traf ich in Brive ein. Mein Arm hatte sich entzündet und ich hatte leichtes Fieber, aber das tat meiner guten Stimmung keinen Abbruch. Ich begab mich direkt zur SD-Station und meldete mich beim diensthabenden Major. Dabei hatte ich mir vorgenommen, von Anfang an als Hundertzwanzigprozentiger aufzutreten, um möglichst schnell die Kontrolle zu bekommen.

Major Böttcher war Anfang dreißig und von der Statur würde ich ihn als Mehlsack bezeichnen. Alles an ihm hing herunter und beim 10 Kilometer-Lauf wäre er sicherlich nach 200 Metern zusammengebrochen. Es kam irgendwo aus der Oberpfalz und wahrscheinlich war er für die Ostfront nicht tauglich. Wie er es zum SD und dort in den Dienstgrad des Majors geschafft hatte, war mir ein Rätsel. Wahrscheinlich hatte er Beziehungen. Auf jeden Fall sprach er kein Wort französisch und genau an der Stelle wollte ich ansetzen. Das war mein Plan, der mich zu Alba führen würde.

Die ersten Tage verliefen ruhig, abgesehen von einem Anruf von irgendwo, in dem sich meine Gestapo-Zecke meldete, um mich für meinen Entschluss, „an die Front" zu wechseln, zu beglückwünschen. Er ließ es sich nicht nehmen, noch einen

Russenwitz zu reißen, damit ich gar nicht erst auf den Gedanken kam, ich hätte hier irgendwelche Möglichkeiten. Die Botschaft war wie immer klar.

Die ersten Wochen blieben ruhig und ich musste für Böttcher hier und da Besorgungen auf dem Schwarzmarkt machen, meistens ging es um Schnaps. Wann er den trank, war mir nicht klar, denn im Dienst erschien er immer nüchtern. Wahrscheinlich hatte er ein Gschpussi irgendwo und da brauchte er das entsprechende Schmiermittel.

Daneben übernahm ich die Materialtransporte für die Station und hin und wieder für die Stellungen der Vichy-Armee, die wir mit Waffen und anderem Material versorgten. Böttcher hatte keinen Führerschein und so konnte ich mit dem Citroen Typ 32, der zur Dienststelle gehörte, meine ersten selbstständigen Schritte nach draußen unternehmen, seit ich nach Frankreich zurückgekehrt war. In Paris hatte ich quasi gar keinen Sold bekommen, weil alles für den Unterhalt von Lars und Traude draufging.

Aber hier sah das etwas anders aus. Mit dem ersten Geld in der Tasche machte ich mich auf die Suche nach ein wenig weiblicher Gesellschaft, denn auch da hatte ich so meine Defizite. Marburg war auch nicht der Traum meiner Sinne gewesen, und in Paris war, außer den Herrenabenden, an denen ich zum Zuschauen verdammt war, auch nur tote Hose. Und so hatte ich recht schnell mein *Cherielein* gefunden, die gegen Zahlung eines kleinen Taschengeldes doch gern bereit zu dem ein oder anderen Spielchen war. Die Zeit konnte ich gut auf meinen Fahrten abzweigen und mit der Weile trafen wir uns eigentlich jede Nacht und am Tag immer, wenn ich unterwegs war. Nach einer Weile gab sie mir Rabatt und so war ich doch, was das Körperliche anging, ganz zufrieden. Meine Sehnsucht nach Alba blieb jedoch und hielt mich weiter im Griff.

Von der Vichy-Polizei bekamen wir mit der Zeit immer mehr Gefangene aus der Resistance überstellt, die ich ebenfalls mit dem 32 er transportierte. Der Wagen war als Gefangenentransporter gebaut und hatte vergitterte Seitenfenster. Die Gefangenen schauten meist verängstigt aus der Wäsche und ließen sich ohne großen Widerstand im Wagen abfahren. Hin und wieder mussten wir etwas nachhelfen. Die Nahkampfausbildung, die ich in Paris bekommen hatte, erwies sich dabei als sehr hilfreich.

Zuerst überstellten sie uns jede Menge Kleinkriminelle, die hier und da etwas geklaut hatten. Böttcher stellte dämliche Fragen und ich übersetzte. Ich tat, wie befohlen, denn zuerst musste ich sicher gehen, dass er tatsächlich nichts von dem verstand, was unsere „Kunden" so erzählten. Ich musste erreichen, dass ich bei den Vernehmungen der einzige Übersetzer war und dass mir nicht irgendein Floh in den Pelz gesetzt wurde, der dann alles zunichte machte. Neben Böttcher wurden uns noch *Eberhard Müller* und *Rainer Harms* zugeteilt. Auch sie verstanden kein Wort von dem, was die Franzmänner vor lauter Schiss vor irgendwelchen Strafen erfanden. Nach einer Weile war ich sicher und nun konnte ich zum eigentlichen Kern der geplanten Ermittlungen vordringen.

Alle ein bis zwei Tage rief mein Gestapo-Heini an. In den ersten 4 Wochen hatte er nichts zu vermelden als Belanglosigkeiten, aber ich wusste, dass da noch was kommt. Schließlich setzte er Böttcher unter Druck, damit wir allmählich in seinem Sinne lieferten. Ich wusste was er wollte, nur Böttcher hatte sowas von keine Ahnung. Deshalb übernahm ich schleichend das Kommando, indem ich Böttcher sagte, was zu tun sei und er gab dann den entsprechenden Befehl heraus.

Mit Les Miserables waren wir damals monatelang in den Gefilden im Süden und Alba war mit ihren körperlichen Attraktionen bei den Herren der Schöpfung bekannt wir ein bunter Hund. Da wollte ich ansetzen. Es traf sich gut, dass die ganze Schauspielertruppe in den Untergrund gegangen war, denn damit hatten mein Gestapo-Schatten und ich die gleiche Zielgruppe. Ich wollte Alba und er konnte von mir aus die anderen bekommen.

Ich gab den versteckten Hinweis, dass Les Miserables im Untergrund Anschläge organisierten. Böttcher schrieb sie zur Fahndung aus.

Wir kümmerten uns indes um andere Gruppen, die uns das Leben schwer machten.

Da gab es die alten Fabrikbesitzer, die sich nicht auf die neuen Entwicklungen anpassen mochten. Vichy hatte eine Sonderabgabe durchgesetzt, mit der der Machtapparat von Pétain aufrecht erhalten werden konnte. Die Fabriken hatten Waren zu liefern, die dringend gebraucht wurden. Irgendwann hatten wir einen Tuchfabrikanten, der sich weigerte, Uniformstoffe zu liefern. Damit er sich nicht vorzeitig vom Acker machte, holten ich ihn mit Müller und Harms ihn persönlich ab. Vorab hatte wohl einer von den Vichy-Polizisten geflötet, jedenfalls war das Vögelchen ausgeflogen. Im Haus trafen wir nur eine ältere Frau an, die sich wohl während der Abwesenheit ihres Herren um Haus und Garten kümmerte. Also nahmen wir sie erstmal mit, vielleicht hatte der Monsieur ja was mit ihr am Laufen und würde sich melden. Fehlanzeige.

Schließlich bekamen wir den Befehl, die Juden zuerst zu registrieren. Das war etwas knifflig, aber nachdem wir die ersten hatten, konnten wir Ihnen bei der Erinnerung an ihre Brüder und Schwestern etwas auf die Sprünge helfen. Die Synagoge hatten wir schon beschlagnahmt; hier lagerte Vichy inzwischen irgendwelchen Krempel. Bei den Vernehmungen ging es schon mal etwas härter zur Sache. Der ein oder andere lag morgens mit einer Kugel im Kopf irgendwo am Stadtrand und das blieb nicht ohne Wirkung. Jede Woche konnten wir 10 bis 20 ins Reich schicken, sehr zur Freude unserer Koordinationsstelle in Berlin. Die Juden waren wie Schafe, die schon zu zittern begannen, wenn wir mit Hasso, unserem Schäferhundrüden vorstellig wurden. Die meisten ließen sich brav registrieren und zum Bahnhof bringen, von wo sie in Kleingruppen die Reise nach Osten antreten konnten. Der ein oder andere versuchte sich nach Spanien abzusetzen, aber wir hatten eine außerordentlich gute Quote, diese meist jungen Männer nach kurzer Zeit aufzugreifen. Den meisten musste man nur das Besteck zeigen, dass wir für solche Fälle im Schrank stehen hatten oder eine abgerauchte Zigarette auf der Stirn ausdrücken, und schon wurde geplaudert wie auf dem Wochenmarkt. Die anderen konnten tatsächlich kein Wort französisch und deshalb konnte ich das Richtige und das Wichtige aus ihnen herauskitzeln. Manch einer wollte mich verarschen und uns am Nasenring durch die Manege führen. Mit der Zeit wurde ich besser und es fing an, mir Spaß zu machen. Ich wunderte mich, wie einfach sich die Angsthasen in wahre Plaudertaschen verwandelten.

Problematisch waren die, die deutsch konnten. Ich testete das immer gleich am Anfang ab und machte ein paar laute Bemerkungen auf deutsch. Meistens hat sich dann Böttcher darum gekümmert, schließlich konnte er hier auch mal selbst ein paar Punkte landen. Meiner erster Eindruck von Böttcher war ein Schwächling, der nur deshalb hier gelandet war, weil Papa Beziehungen hatte und den Sohnemann nicht gern in Rußland verheizen wollte. Aber Böttcher hatte mehr auf der Platte. Körperlich stimmte meine erste Einschätzung zwar soweit, aber Böttcher war ein gerissener Hund, und schließlich hatten wir unsere Helferlein, von der Zigarette, über Stromkabel bei denen wir am Generator die Stärke einstellen konnten und wenn auch das nicht half, hatten wir ja noch unsere Mauser. Irgendwann teilten wir uns auf, Böttcher bearbeitete die deutschsprachigen Fälle und ich nahm ich des Rests an. Berlin war zufrieden, denn so nach und nach konnten wir den Sumpf austrocknen. Einige von unseren gefangenen Fischen lieferten wir weiter nach Paris, andere Fälle erledigten wir gleich vor Ort. Harms und Müller entsorgten nachts das, was von unseren Gästen übrig blieb. Sie hatten im Wald eine Reihe ausgehoben, die dann eben immer etwas kürzer wurde.

Im Sommer `43 ging uns *Jeanne Mérallier* ins Netz. Sie war auch eine Zeitlang bei Les Miserables, aber im Gegensatz zu Alba hatte sie, außer gewissen körperlichen Vorzügen, zu wenig Grips, um auch nur ein Glas Milch zu trinken. Müller hatte sie eingesammelt und als ich in der Rue Belami, dem kuriosen Straßennamen unserer „Station" in den Raum trat, wurde sie blass.

„Jeanne, meine Liebe, so sieht man sich wieder! Wie ich sehe bei bester Gesundheit. Du hast Dich ja gar nicht verändert, wie geht's denn so?" begann ich mit belanglosem Geplauder.

Das war immer die erste Stufe meiner Gespräche. Einige kamen schon schwer beeindruckt an, dass sie mir gleich alles auf den Tisch legten, was sie zu bieten hatten. So konnten wir uns sparen, das Besteck auszupacken.

Jeanne freute sich sogar, mich zu sehen, sie dachte wohl, dass sie dadurch schnell wieder raus kommt. Sie saß auf einem Stuhl vor meinem „Schreibtisch. Ich ging um sie herum und strich ihr zärtlich über den Nacken. Ein wenig Abwechslung konnte ja auch nicht schaden, obwohl ich bei Cherielein sicher nicht zu kurz kam. Jeanne ließ mich gewähren und so bot ich ihr erst mal eine Tasse frischen Kaffee mit ein paar Keksen an. Den Kaffee hatten wir bei der Durchsuchung des Tuchfabrikanten mitgenommen, schließlich wollten wir auch versorgt sein und er würde seine Leckereien wohl so schnell nicht wieder brauchen. Wenn überhaupt. Bei der Gelegenheit holten wir, also Böttcher, Müller, Harms und ich auch ein Klavier aus der Villa. Böttcher hatte wohl als Sohn aus gutem Hause früher Klavierunterricht gehabt und ich freute mich natürlich auch über etwas Abwechslung. Schließlich war ich eigentlich Künstler und ich hatte nicht vor, viel länger hier zu bleiben als bis ich Alba gefunden hätte. Die Zwischenzeit konnte ich mir gut mit etwas musischer Beschäftigung vertreiben. Es war eine ziemliche Würgerei, bis wir das Klavier in der Dienststelle hatten, immerhin wog das Ding gefühlte 4 Tonnen und Böttcher war nicht gerade eine große Hilfe beim Schleppen.

Jeanne erzählte, dass sie nach der kurzen Zeit bei Les Miserables wieder zurück zu ihren Eltern gegangen ist. Es folgte die Heirat mit einem Jugendfreund und zwei Kinderlein waren auch schon da. Ich rückte meinen Stuhl etwas näher und sie schien den Kaffee zu genießen. Zu den anderen aus der Schauspieltruppe hatte sie auch keinen Kontakt, aber sie plauderte frei heraus, dass *Michel Pluvier*, ein früherer Theaterdirektor aus Béziers noch immer mit Julien befreundet war. Sie hatte vor einem halben Jahr zufällig neben ihm im Zug gesessen und anscheinend hatte Michel das Gespräch gesucht.

Frei von Hintergedanken war ich auch nicht und Jeanne widersprach nicht einmal, als ich die Tür abschloss und wir dann das taten, was Mann und Frau eben so tun.

Es lief wohl nicht so mit ihrem Jugendfreund, jedenfalls schien sie auch ordentlich Spaß bei der Sache zu haben. Böttcher wies immer gern in seinem Oberpfälzer Idiom darauf hin, dass der Franzose als solcher gern schnackselt. Er meinte natürlich die Französinnen und die waren schon ein anderes Kaliber als seine bayerischen

Trachtenmädchen. Was die Bayerinnen anging, fehlte mir allerdings jede Erfahrung.

In den nächsten Wochen „lud" ich Jeanne noch ein paar Mal „vor. Wir hatten viel Spaß miteinander.

Als nächstes holten wir uns nun also Michel Pluvier. Ich weiß nicht, ob er mich erkannte, den Kaiser Wilhelm aus dem Theater mit Pickelhaube, der 2 Wochen in seinem schremmeligen Theater gastiert hatte. Das spielte aber auch keine Rolle, ab jetzt hatte ich nicht mehr vor, mich mit persönlichen Freundlichkeiten aufzuhalten. Michel saß nur schweigend auf seinem Stuhl, an dem wir ihn mit Kabeln fixiert hatten. Ich machte ihm klar, dass ich gewisse Informationen von ihm erwartete, aber da kam nichts. Normalerweise war es mir selbst ziemlich egal, ob die Zossen etwas sagten oder nicht. Ich hatte meine Mittel, sie zum Reden zu bringen und ansonsten war das hier nur ein Job für mich. Die Fälle hatten ja nichts direkt mit meiner Mission Alba zu tun und insofern lies mich das das Geschwafel und Gezittere eher kalt. Ich hatte zu liefern, sonst hätte ich die Reise nach Osten antreten müssen, jedenfalls wurde mir das alle paar Tage am Telefon in Erinnerung gerufen. Und ich durfte meine Stellung hier nicht gefährden, schließlich war ich nahe an Alba dran und dieser Kerl war die Schlüsselperson, die mich zu ihr führen würde.

Aber der redete nicht. Er reizte mich mit einem süffisanten Lächeln, mit dem er mir signalisieren wollte, wie sehr ich ihm am Arsch vorbei ging. Der Kerl machte mich rasend. Ich schlug ihn zusammen, das Gesicht war nur noch breiartig. Nichts. Ich sperrte ihn 2 Tage ohne Wasser ein. Man sah ihm die Qualen an aber er sagte: Nichts. 2 Wochen in der Isolation. Den Generator aufgedreht, bis er zappelte, aber: Nichts. Rein gar nichts.

Dann wurde es mir zu bunt. Es half nicht, wenn er abkratzte, wäre ich keinen Schritt weitergekommen. Er musste leben und er musste endlich reden. Ich befahl Harms und Müller, seine ganze Sippschaft einzusacken. Die Zwischenzeit wollte ich für ein Vieraugengespräch nutzen. Ich bot ihm galant eine Tasse Kaffee an aber er rührte sich keinen Millimeter. Die Tasse stellte ich also vor ihn auf den Tisch.

„Michel, unter uns, wir können das Ganze hier in 10 Minuten beenden. Du trinkst Deinen Kaffee aus und gehst vorne aus der

Haustür. Danach sehen wir uns nie wieder, verstanden? Sag mir einfach, was mit Alba geschehen ist und wo ich sie finden kann. Oder zumindest Julien? Wo ist Julien?" Pluvier sagte kein Sterbenswörtchen. „Hör zu, ich will nichts von Dir. Ich weiß, was in deinem Theater los ist, ihr habt einen Funksender unter dem Dachboden, mit dem ihr munter eure Pläne austauscht. Denkt Ihr, wir sind blöd, oder was? ABER: Das interessiert mich nicht! Ihr könnt mit meinem Segen tun oder lassen, was ihr wollt, aber jetzt kommt hier mal Butter bei die Fische. Also: Wo ist Alba? Wo ist Julien?" Nichts. Es war zum Verzweifeln, ich wusste, dass er wusste, wo Alba und Julien waren. Wir saßen uns fast eine Stunde schweigend gegenüber.

Dann kamen Harms und Müller mit der Frau und einer kleinen Chinesin zurück. Madame Pluvier schlug um sich und schrie permanent übelste Flüche in unsere Richtung. Harms band sie mit Kabeln an einen Stuhl, wie auch ihr Mann gegenüber. Das Mädchen stand in der Ecke und war etwas blass um die Nase.

So Michel, jetzt komm mal mit der Wahrheit rüber, sonst müssen wir uns hier eine umfassendere Lösung mit Deiner Frau ausdenken. „Ihr widerwärtigen Arschlöcher…"

Nachdem wir mit seiner Frau fertig waren, sackte Pluvier in sich zusammen. Ich goß ihm den kalten Kaffee ins Gesicht und brüllte: „Jetzt mach endlich den Mund auf, wo ist sie?" Dann nahm ich mir die kleine Chinesin vor.

Pluvier flehte mich an: „lass meine Tochter gehen, um Gottes Willen, sie kann doch nichts dafür." „Also, wo?" Pluvier sackte wieder zusammen. Ich klebte ihm ein. „Hast wohl was mit `ner Geisha gehabt oder wie kommt das hier zu Stande. „Nein, wir haben Anne adoptiert, bitte, lassen sie sie gehen!" Ich schickte Harms und Müller raus. Dann räumte ich mit dem Arm alles vom Tisch, knallte die Kleine darauf und besorgte es ihr.

Pluvier war ohnmächtig geworden. Ich war wie im Wahn, ich musste die Wahrheit über Alba jetzt wissen, jetzt, war der einzige Moment, jetzt. Jetzt.

Die kleine Chinesin war auch weggetreten. Ich holte Harms rein und gab ihm den Auftrag, die beiden zu entsorgen. Er holte eine Karre und lud erst die Mutter auf und fuhr sie zum Citroen. Danach sammelte er die Kleine ein und fuhr los, zu unserer Grube im Wald. Dachte ich.

Ich schnallte Pluvier ab und legte ihn auf die Pritsche in seiner Zelle, holte einen Eimer Wasser und klatschte ihn über seinen Kopf. Danach ging ich raus und schloss ab. Ich konnte die Fresse nicht mehr sehen. Morgen würde ich seine Mutter abfertigen. Irgendwann musste das Schwein doch reden. Ich schlief dann später auf der Wache, damit mir das Küken nicht einfach so aus dem Nest fliegen sollte. Um 2 rum, weckte mich der Wachpolizist. Pluvier hatte sich erhängt. Jetzt stand ich wieder ganz am Anfang. Harms erledigte nun auch noch diese Tour und brachte die Leiche in den Wald. Ich war wie gelähmt.

Die nächsten Monate lieferten auch keine Ergebnisse. Es war klar, dass Alba damals auch einen Künstlernamen hatte, wie wir alle. Aber ihren richtigen Namen habe ich ums Verrecken nicht herausgekriegt. Als wir noch zusammen waren, hatte es mich nicht interessiert, die Pseudonyme waren doch auch gerade Symbole unserer Freiheit. Gewesen. Ich musste mich stark zusammenreißen, dass ich den Dienst nach Vorschrift hinbekam. In der Region wurden immer wieder Bahnschienen aufgeschraubt, so dass die Züge entgleisten. Und dann bekam man die Lok für Tage nicht von den Schienen runter. Berlin war darüber nicht amüsiert, weil der Nachschub in Richtung Barcelona stockte.

Schließlich ließen wir die ganze Gruppe auffliegen. Ein konspiratives Treffen in einem alten Gehöft war vereinbart und wir hatten mitgehört. Der Bauer steckte auch mit drin. Paris hatte uns noch Kameraden zur Unterstützung zugeteilt. Schließlich stürmten wir die Versammlung, allerdings schossen die Genossen auf uns. In Notwehr haben wir der Sache dann ein Ende gesetzt. Zu meinem Entsetzen fanden wir weder Alba noch Julien. Julien hätte ich lieber tot als lebendig erwischt, wobei lebendig sicher die bessere Variante gewesen wäre, hätte er mich doch zu Alba führen können. Pansiche Angst hatte ich, dass Alba bei der Versammlung wäre und dass sie das nicht überleben würde. Aber ich kam hier kein Stück weiter.

Im August 44 wurde es eng. Im Süden waren schon Amerikaner unterwegs, mit den Truppen von De Gaulle. Aus Berlin war der Befehl gekommen, sofort alle Gefangenen hinzurichten. In unserem Innhof waren noch etwa 12 Gefangene, vom Taschendieb bis zum Resistance-Offizier. Die wurden von 19 Aserbaidschanern bewacht, die uns aus dem Osten zugeteiilt worden waren. An der Ostfront konnten die nicht eingesetzt werden, weil sie wohl viele Überläufer in ihren Reihen hatten. Deshalb wurden sie nach Frankreich gebracht, wo ihre Loyalitäten doch wieder klar auf uns ausgerichtet waren.

Wie auch immer, Ich befahl den Aserbaidschanern, die Gefangenen zu zweit aneinanderzufesseln, mit Kabeln. Und dann eskalierte die ganze Sache. Die Aserbadschaner verweigerten den Befehl. Einer hob die Waffe, aber Müller hatte ihn im Blick gehabt und zuerst geschossen. Wir entwaffneten die Aseris und banden Sie auch zusammen. Dann alle Mann in den Citroen und dann sind wir nach St. Gabelt gefahren, auf`s freie Feld.

Es war aus. Wenn die Amerikaner kommen, dann ist es aus. Wie sollte ich Alba finden, wo ich ihr doch hier so nahe war. Auf dem Weg über das Feld fingen einige an, die Marseilleise zu singen. Auch die Aseris fingen an zu singen. Ich konnte s nicht mehr ertragen und fing an, mit der MG zu schießen. Dann fingen alle an zu schießen, Böttcher, Harms Müller, wir feuerten aus allen Rohren.

Im Umfeld standen noch einige verschüchterte Anwohner. Als alles vorbei war, fingen sie an zu klatschen.

„Los, lasst uns jetzt hier abhauen", wir stiegen alle in den Cirtoen ein und fuhren zurück nach Brive. Ich schmiss sie alle am Markt raus und gab ihnen noch den guten Hinweis auf den Weg, doch besser was Ziviles anzuziehen. In einigen Stunden würden die Amis hier sein und bis dahin musste jeder zusehen, wo er blieb. Ich fuhr zuerst zum Hotel, weil ich hoffte, dass Cherielein dort wäre. Aber niemand wusste, wo sie ist. Ich setzte mich in die Lobby und schrieb ihr einen Abschiedsbrief.

Danach habe ich mir im Hotel eine Glatze rasiert, mich mit etwas zu essen eingedeckt und bin weiter in den Süden. Dann müsste ich jetzt eben versuchen, mich so durchzuschlagen und so nach Alba zu suchen.

Im Hafen von Marsseille hatte ich mir ein Zimmer in einer kleinen Pension gemietet. Geld hatte ich noch genug zusammen, schließlich hatten wir damals bei dem Tuchfabrkanten kofferweise Dollars rausgeschleppt. Ich besorgte mir zwei Flaschen Wiskey eine Packung Nähnadeln und Zwirn und kaufte ein Fläschchen Tinte. Mein Plan war, aus meiner Tätowierung eine Komposition à la Kandinsky zu machen. Aber mir wurde noch klar, die erste Flasche Bourbon hatte ich schon intus, dass ich damit erst recht auffallen würde. Also entschied ich mich für einen banalen Anker. Ich umwickelte zwei versetzte Nadeln mit dem Zwirn und drückte die Nadeln rückseitig in einen Korken. Ich tankte noch einmal nach und stach zu, bis das Werk vollendet war. Danach blieb ich zwei Tage in der Pension, bis ich meinen Arm wieder so halbwegs bewegen konnte. Ich gab mich als italienischer Seefahrer aus Bozen aus, schließlich zahlte ich in Dollar und versuchte, irgendeinen Plan hinzubekommen. Insgeheim hoffte ich, auf ein Schiff zu kommen, dass mich da irgendwie rausbringt.

Dann lief ich leider Jeanne über den Weg. Sie hatte mich auf der Strasse erkannt und innerhalb von wenigen Minuten lag ich mit Handschellen gefesselt auf dem Boden. Ich wurde erst in ein Gefängnis nach Lyon gebracht.

Von Lyon wurden wir in ein Kriegsgefangenenlager nach Baden-Baden gebracht. Das war allerdings nicht für das einfache Fußvolk gedacht. Hier traf sich Crème de la SiPo.

Die Deutschen im Lager waren ausnahmslos Nazis und mit denen hatte ich noch eine gehörige Rechnung offen. Hatte mich nicht der Unbekannte von der Gestapo jahrelang tyrannisiert und fremdbestimmt? Ich konnte unmöglich mit diesen Subjekten in einer

Unterkunft leben. Das machte ich auch schnell dem Wachpersonal klar und dem Leiter des Lagers.

Die ersten Schrecken des Krieges waren hier ja schon vorüber, als ich dazu kam. Entsprechend waren die Sitten unter den Franzosen auch schon etwas lockerer. Das hieß nicht, dass die die Nazis nicht im Griff hatten, das bestimmt nicht. Ab und zu versuchte ein Schlaumeier, die Absperrungen zu durchbrechen. Dann wurde geschossen. Ich fand das aussichtslos und hielt mich lieber an die Franzosen. Die Nazis waren ja sowieso abgemeldet und außerdem wurde ich immer mal wieder hinzugerufen, wenn etwas übersetzt werden musste. So Alltagskram, aber das musste ja auch organisiert werden.

Alle zwei, drei Wochen wurden Tanzabende veranstaltet. Die Franzosen hatten oft ihre Frauen mit dabei, die wohnten zusammen in der Kaserne. Deshalb waren es eher biedere Abende, aber mir machte das Klavierspiel Spaß, zu dem sie mich eingeteilt hatten.

An den Wochenenden konnte ich Porträtzeichnungen von den Offizieren und der holden Gattin anfertigen, das war wohl gerade hoch im Kurs.

Im August `46 wurde ich mit einem Gefangenentransport nach Toulouse gefahren. Ich hatte mich seelisch schon darauf vorbereitet. Im Prozess lag meine große Chance.

Ich hatte nicht vor, mich allzu lange in den Franzosenlagern aufzuhalten. Sie müssten anerkennen, dass ich immer nur auf Befehl von Böttcher gehandelt hatte. Und Harms und Müller waren ja auch nicht besonders zimperlich gewesen.

Der Prozess war dann der absolute Abgrund.

Meinen Pflichtverteidiger sah ich im Verhandlungssaal zum ersten und zum letzten Mal. Ich musste unterschreiben, dass er meine Rechte und Pflichten vor Gericht vertreten soll. Er stellte im Verlauf der Zeugenvernehmungen hier und da ein paar belanglose Fragen. Am Ende unterschrieb er das Urteil und verzichtete in meinem Namen auf eine Revision.

Der Rchter und der Ankläger wussten alles über meine ganze Zeit in Frankreich. Die Pariser Bohème, Renard, die Schauspielstationen. Liiert mit *Francesca Molero*, die als Actrisse mit dem Künstlernamen „Alba" auch ihre Attraktionen gezeigt hat. Molero wanderte 1940 mit ihrem kleinen Sohn und mit ihrem späteren Ehemann *Gerome Dacardant*, der die Schauspielertruppe unter dem Namen „Julien" geleitet hatte, über Lissabon nach Brasilien aus. Der weitere Verbleib der Familie Dacardant war unbekannt.

Der Rest des Prozesses verlief für mich wie im Nebel. Sie nannten mich einen „Nazie par excellance" und listeten die endlosen Namen auf. Alba war unerreichbar geworden und hatte mich dann auch noch mit diesem Schwein betrogen. Die ganze Suche war von Anfang an umsonst gewesen.

Jetzt gab es keine Hoffnung mehr. Wie im Schlafwandel versuchte ich zu retten, was nicht mehr zu retten war. Harms und Müller hatten mich belastet und waren in eigenen Prozessen zu 2 Jahren Haft verurteilt. Die hatten sie schon in Untersuchungshaft abgesessen und deshalb konnten sie sich am Bahnhof eine Fahrkarte nach Köln oder wo auch immer hin kaufen. Böttcher und ich saßen im selben Prozess. Wenn er aussagte, wurde ich vorher abgeführt und umgekehrt. Wir konnten uns nur immer im Vorbeigehen sehen, das heißt, ich sah ihn, aber er mich nicht. Er schaute nur bedröppelt auf den Boden und ließ sich an mir vorbeiführen. Es war klar, wer das Kommando in Brive innehatte und klar war auch, dass Böttcher hier

Verantwortung zu übernehmen hatte. 4 Tage lang musste ich mir die Fressen der Zeugen ansehen. Ich wies auf meine anthroposophischen Wurzeln hin, schließlich war meine Schwester mit einem Kopf des anthroposophischen Widerstands verheiratet und der hatte immerhin über ein Jahr in Buchenwald gesessen.

Die Morde hatten schließlich Harms und Müller begangen; auch wenn sie inzwischen bei Muttern auf dem Sofa saßen. Vielfach haben wir in Notwehrsituationen gehandelt, wie bei dem Gefecht mit Gerard Cardonnier, der damals Mordanschläge auf die Infrastruktur organisiert hatte.

Die Zeugen sprachen von `Le grand Luc`, le tortionaire, der den Tuchfabrikanten hat verschwinden lassen, vom Massacre sprachen sie und die Sowjetunion hatte sogar einen Attachée geschickt, der Gerechtigkeit für die Aseris verlangte. Er sprach von dem *Massacre de St. Gabelt* und ich sollte meine Rübe dafür hinhalten. Ich bekam auch Lob von unerwarteter Seite.

Jeanne sagte überraschend helle als Zeugin aus, dass niemand je mein unleugbares Talent zum Schauspieler in Frage stellen dürfe. Ich würde die gesamte Tonleiter der Emotionen beherrschen. Ich würde auch jetzt nur eine Rolle spielen, davon war sie überzeugt.

Sie bezichtigte mich der Vergewaltigung. Als klar war, dass sie von mir schwanger gewesen wäre, hätte sie zudem ihr Mann verlassen und sie müsste sich jetzt mit ihren drei Kindern allein durchschlagen. Alle zeigten auf mich und sagten aus, dass ich ohne Zweifel „die böse Seele der 15, Rue Belami" gewesen sei.

Die Vorsteherin eines Kinderheimes hatte ausgesagt, dass ein asiatisches, ca. 14 Jahre altes Kind bei ihr abgeliefert wurde. Das Kind wies schwerste Verletzungen am ganzen Körper auf. Sie hatten das Mädchen wieder aufgepäppelt und dann mit einem der letzten Schiffe, die nach Vietnam gingen, in ihre Heimat rückgeführt.

Harms, der Idiot hatte die Kleine im Kinderheim abgeliefert, statt sie neben ihre keifende Adoptivmutter in den Wald zu betten. Mir wurde klar, dass er sich damit vor Gericht als Retter dargestellt hatte und dann damit einen auf mildernde Umstände gemacht hatte.

Ich war nicht mehr in der Lage, eine Rolle zu spielen.

Alba war für mich so gut wie tot. Ich würde sie nicht wiedersehen. Auch wenn sie noch irgendwo lebte, für mich war sie tot. Das war ein vernichtender Schlag in mein Gesicht. Mein Herz war herausgerissen. Ich konnte keine Rolle mehr spielen, an die restliche Verhandlung kann ich mich nicht mehr erinnern.

Dann kamen die Urteile. Böttcher bekam dreieinhalb Jahre wegen Beihilfe zum Mord. Er wurde sofort abgeführt. Ich weiß nicht, was aus ihm geworden ist, angeblich ist er in der Gefangenschaft gestorben.

Und dann war ich dran:

Im Namen des französischen Volkes wird Arthur Sennemann, alias Roger Luc, geboren 1908 in Dielingen, Deutschland, wegen Verbrechen gegen die Humanität und wegen Mordes an mindestens 31 Personen zu lebenslänglicher Zwangsarbeit verurteilt. Weiterhin werden ihm systematische und grausame Folter zur Last gelegt, mehrfache Vergewaltigungen und Plünderungen. Abgesehen von der Verbüßung seiner Strafe verurteilen wir Arthur Sennemann zu lebenslänglichem Aufenthaltsverbot in der Republik Frankreich. Abführen!

Der Kapitän der Schwabenstein sagte uns heute beim gemeinsamen Dinner, dass wir in etwa 24 Stunden Port Said erreichen würden. Ich merkte, wie mich das Schreiben erleichterte, ich musste das Ganze jetzt loslassen und danach nochmal neu durchstarten.

Nach dem Prozesswurde ich in Ketten gelegt und in abgedunkelten Wagen abtransportiert. Schließlich ging es im Auto auf ein Schiff. Auch in Algerien wurde ich mit etlichen anderen tagelang angekettet herumgefahren. Es gab kärgliche Mahlzeiten und wenig zu trinken. Nach Wochen hatten sie uns endlos über jämmerliche Pisten durch die Wüste gefahren.

In den ersten 2 Jahren schuftete ich in einer Baukolonne in Reggane. Wir mussten Straßen in dieses Niemandsland bauen. Die Amerikaner hatten 45 die Atombomben auf die Japsen gezündet und deshalb machten die Franzosen hier am Arsch der Welt ihre Versuche: Wir bauten etliche Bunker über und unter der Erde, die mit Bleiplatten abgeschirmt waren. Immer bewacht von der Legion. Ich unternahm mehrere Versuche, ins Gespräch zu kommen, zumal einige der Bewacher Deutsche waren. Aber die hatten ihren Kodex und da kam ich nicht durch. Frauen habe ich in den Jahren nicht gesehen, das wäre vielleicht einfacher gewesen, aber die Legionäre unterbanden jede Form der Kontaktaufnahme. Mit etwa dreimonatiger Verspätung bekam ich einen Brief vom Amtsgericht in Marburg. Traude hatte sich in Abwesenheit von mir scheiden lassen. Das Sorgerecht von Lars würde bei ihr verbleiben. Nicht, dass mich das jetzt besonders geschockt oder berührt hätte. Ich hatte sowieso nie vorgehabt, noch jemals nach Marburg zurückzukehren. Ich fühlte mich sogar auf eine gewisse Weise frei.

Das Joch der Gestapo hatte ich abgeschüttelt. Das manifestierte sich jetzt noch in der Scheidung. Trotz meiner Gefangenschaft war ich jetzt frei. Nicht das mich das bisher besonders belastet hätte, aber hier war eine unschöne Geschichte zu Ende.

Und doch stand ich jetzt unter einem neuen Joch, und das hatten sie mir für den Rest meiner Tage zugedacht.

Wir lebten von Fladenbrot, dass von irgendwelchen Algeriern angeliefert wurde. Dazu Wasser. Das wars. Die Sonne war dazu unerbittlich. Ich war ein braunes Skelett mit Glatze, das Schotter durch die sengende Sonne schleppte. Die anderen waren aus aller Herren Länder. Von den Deutschen hielt ich mich fern. Ich weiß nicht, warum ich das überlebt habe, aber so viele andere nicht.

Irgendwann brachten sie uns nach Sidi el Abbès und hier wurde ich wurde im *Maison de mère* in ein Verhörzimmer gebracht. Es trat ein Legionaire ein und unterbreitete mir auf deutsch das Angebot, meine Gefangenschaft ab jetzt als Fremdenlegionär abzugelten. Die minimale Laufzeit dieses einmaligen Angebots bedeutet 10 Jahre.

Hatte ich eine Wahl? Die Aussicht, in meiner Baukolonne im Süden einen guten Moment zum Absprung zu bekommen, um mich dann 1.000 Kilometer allein durch die Sahara zu schlagen, war sinnlos. Über kurz oder lang würde ich hier verrecken, verhungern, verdursten, verbrennen oder vertrocknen.

In 3 Stunden erreichen wir Port Said. Bis dahin werden diese Aufzeichnungen abgeschlossen sein. Port Said ist der Punkt, ab dem ich ein neues Leben beginne. Alle Brücken werden abgebrochen. Ich würde wieder malen und zeichnen, vielleicht würde ich noch einmal heiraten. Ich würde nie wieder hungern, hier war die Grenze.

In der Legion gibt es einen Ehrenkodex. Der umfasst die unausgesprochene Gewissheit, dass ein Legionär niemals über seine Einsätze spricht. Dabei will und werde ich es belassen. Soviel sei gesagt, ich war noch etwa 1 Jahr in Algerien, und hatte dort die verbliebenen deutschen Kriegsgefangenen zu beaufsichtigen. Dann wurden wir nach Indochina verschifft, um dort dem Viet Minh einzuheizen.

Bleiben wird mir aus dieser Zeit die Kameradschaft mit Giovanni Lecestre. Offiziell war er mein Vorgesetzter, zumal ich ja mit meiner Geschichte aus dem untersten Rang nicht herauskommen konnte. Aber im Grunde wurde daraus eine Freundschaft auf Augenhöhe.

Giovanni kam aus Italien und musste wohl für ein paar Jahre verschwinden. Erzählt hatte er nichts, aber ich bin ja auch nicht blöd und konnte mir meinen Teil denken. Und die Legion war ein guter Platz zum Verschwinden von Mafiosi.

Wir bildeten lange Zeit ein kleines Team und die Erlebnisse werden uns für immer verbinden. Giovanni und ich wurden zu Brüdern. Zusammen waren wir immer ganz vorne und wir hielten immer voll drauf. Die Chinos hatten keine Freude an uns. Wenn sie uns um ihr erbärmliches Leben anbettelten, erpressten wir teils üppige Schutzgelder. Danach erschossen wir sie. Die Kohle versoffen und verhurten wir in den Bordellen der Franzosen oder wir versackten immer wieder in den Opium-Höhlen von Haiphong.

[Die Erlöse aus dem Schutzgeld konnte ich gut gebrauchen, schließlich bekam ich keinen Sous Sold, wie die anderen Legionäre. Dafür hatte Jeanne gesorgt, die jetzt mit meinem Unterhalt die Champagnerkorken knallen ließ.]

Ansonsten war das Leben Drill, Druck und Krieg. Ich habe viele Tote gesehen.

Nach Điện Biên Phủ kamen wir in Gefangenschaft des Viet Minh. Wieder ging das Sterben weiter. Irgendwann durften wir das Lager in Kolonnen verlassen und in endlosen Fußmärschen nach Haiphong durchschlagen. Ab da nahmen uns Schiffe der Legion auf und brachten uns wieder nach Algerien.

Am 17. Juni 1955 wurde ich von dort ich nach Straßburg beordert. Man teilte mir meine Entlassung aus der Legion mit und ich wurde erneut festgenommen. Ich musste Zivilkleidung anlegen. Mit einem Militärjeeep wurde ich in Handschellen über die Rheinbrücke nach Kehl gefahren. Hier teilte man mir mit, dass meine lebenslängliche Strafe zur Bewährung ausgesetzt wird. Sollte ich gegen die Auflage meines lebenslänglichen Aufenthaltsverbots in der Republik Frankreich verstoßen, so würde die Strafe unverzüglich wieder in Kraft gesetzt. Über jeglichen Inhalt meiner Einsätze hätte ich lebenslang zu schweigen. Anderenfalls würde auch hier die Strafe sofort neu vollzogen.

Mir würden als Startgeld 1.000 DM ausgehändigt. Der falsche Stolz der Legion bedingte es, dass die Verbundenheit lebenslänglich sei und dass dies auch in der Alimentierung der Veteranen Ausdruck finden sollte.

Na dann: „Au revoir."

Von dem Geld kaufte ich mir in Freiburg eine Staffelei, Pinsel, Farben und Leinwand. Auch Stifte und Wasserfarben. Ich kaufte auch einen Magic Marker von Sidney Rosenthal. Das Zeug schleppte ich in meine Pension und begann wieder zu malen. Tagsüber streifte ich durch die Gegend und suchte mir Motive. Ich genoss eine neue Unbeschwertheit, nach den ganzen Jahren am vollen Limit.

Schließlich heuerte ich noch bei einer Spedition als Fahrer an und ich bezog eine kleine 1-Zimmerwohnung in der Stadt. Als Fahrer kam man gut rum und bald kannte ich alle Mädels im weiteren Umkreis. Aber das konnte so nicht weitergehen. Ich musste mir einen Plan machen.

Es war wie damals bei Pluvier: Da war nichts. Dieses Mal konnte ich die Antwort aber nicht in mir selbst finden. Und so gingen die ersten Jahre ins Land. Schließlich suchte ich den Bruch. Ich kündigte meine Wohnung und meine Stelle. Der Chef war okay, ich durfte sogar meine Sachen für ein halbes Jahr ins Lager bringen.

Dann fuhr ich nach Bremen und kaufte ein NDL-Ticket für die Ostasien-Route. Am 9. Juni 1958 schifften wir ein und ich begann, diese Aufzeichnungen zu verfassen.

In einer Stunde erreichen wir Port Said und ich kann dieser Enge in Deutschland entrinnen. Das Betreten eines anderen Kontinents wird auch die Wegmarke in meinem Leben sein. Ich bin jetzt 50 Jahre alt und im vollen Besitz aller meiner Kräfte. Ich werde meine Karriere als Künstler neu erfinden und endlich in die Liga von Kandinsky und Kokoschka aufsteigen.

Hier war der Wendepunkt. Und an diesem Wendepunkt ist meine Lebensbeichte jetzt abgeschlossen.

Erneute Öffnung der Lebensbeichte durch den Verfasser:

Roma-Fiumicino, 22. Oktober 1979

Entgegen meiner Erwartung muss ich diese Beichte noch einmal öffnen. Ich war in jeder Hinsicht naiv. Führen wir die Geschichte also zu ihrem Ende.

Wir gingen in Port Said nur für einen Tag an Land, um dann zügig nach Suez weiterzureisen. Von Suez Aus konnten wir einen Ausflug nach Kairo und Luxor unternehmen. An den Pyramiden von Gizeh buchte ich eine kleine Kameltour.

Ich wandelte auf den Spuren Alexanders des Großen und ich war mir sicher, dass hier etwas Großes begann. Schließlich setzten wir die Fahrt durch den Suezkanal und das Rote Meer fort bis zum Golf von Aden. Hier überwältigte mich die Abendstimmung mit der schnell untergehenden Sonne, die die bunten Felsen am Ufer farblich sozusagen zum Explodieren brachte. Ich nahm Feder und Papier und Aquarellpinsel und zeichnete drauf los. Wir fuhren die ganze Exotik des Orients ab, mit Besuchen in Singapore und Malaya, dort blieben wir eine ganze Woche.

Am Rande des Hafens standen die Mädchen, eines schöner als die andere. Die Schönheiten des Orients konnte ich ja schon in meinem ersten Leben kennenlernen, aber das hier war doch schon etwas anderes. Besonders gefiel mir ein auffallend helles Mädchen, *Lucienne*. Sie sah fast schon europäisch aus und sprach fließend französisch.

Ich mietete ein Hotelzimmer und wir verbrachten die ganze Woche Tag und Nacht zusammen. Welch eine Erholung.

Nach der Woche ging die Reise weiter nach Hong Kong. Ich zeichnete und malte und meine ganze Kabine war mit den Ansätzen, Tuschen und Stiften übersäht.

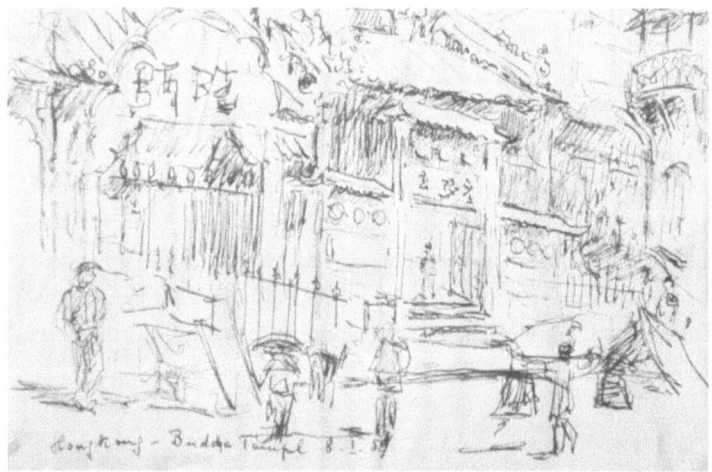

Auf der Rückreise verließ ich das Schiff kaum noch. Ich hatte mich mit Reiswein eingedeckt und etwas Opium hatte ich auch mitgehen lassen. So ließ ich es mir zunächst gut gehen, abgesehen von einer juckenden Entzündung in den Genitalien, die ich mir eingefangen hatte.

Bis zur Ankunft in Bremen fieberte ich und war am Ende einfach nur froh, dass ich wieder in Bremen in meinem Hotelzimmer sein konnte. Am nächsten Tag schleppte ich mich zum Arzt und bekam die Diagnose „Tripper". Gottseidank gab es inzwischen Antibiotika, die mich recht schnell von dieser Pein erlösten.

Kurz nach meiner Reise bekam ich einen Brief von Giovanni, der mich nach Italien einlud. Mangels sonstiger Pläne machte ich mich auf die Reise in die Nähe von Florenz. Giovanni war nach der Legionszeit wieder in seine Famile aufgenommen worden und machte gute Geschäfte mit allem Möglichen. Er bot mir einen Job an, um Transporte von und nach Deutschland zu organisieren. Freudig nahm ich an und so gingen die Jahre ins Land. In Freiburg hatte ich nur ein kleines Zimmer gemietet, aber die meiste Zeit verbrachte ich sowieso in Italien. Giovanni zahlte gut. Sehr gut, um es genau zu sagen. Die LKWs, die ich nach Deutschland fahren musste, waren immer verplombt. Dabei hatte ich keine Illusionen über den Inhalt, aber das spielte für mich auch keine Rolle. Mein Lohn war eher ein Schweigegeld. Und schweigen konnte ich.

Irgendwann 1963 stand auf einmal ein junger Mann vor meiner Tür in Freiburg. Ich war doch wieder für eine Weile nach Deutschland zurückgegangen, unterbrochen von mehreren Transporten, die mir ein recht behagliches Leben ermöglichten. Die Porträtmalerei florierte im Wirtschaftswunderland, wie man neuerdings zu sagen pflegte. Zur Bürgerlichkeit der neuen Aufsteigergeneration gehörte ein Porträt der lieben Kleinen doch zum guten Ton. Da hingen sie dann über dem Sofa und zeigten die Zeit rückwärts an, denn die Originale wuchsen schnell und sahen dann irgendwann so gar nicht mehr aus wie der Wonneproppen über dem Sofa.

Es war also Lars vor meiner Tür und ich hatte nicht den geringsten Schimmer, wie er mich ausfindig gemacht hatte. Eigentlich hatte ich nicht vor, Kontakt zu Traude oder Lars aufzunehmen. Ich hatte nicht die geringste Lust, die alten Geschichten noch je einmal anzurühren. Ich konnte ihn unmöglich in meine Wohnung lassen, die Spuren von *Gisela*, also *„Giselle"*, meiner neuen Begleitung, waren doch noch zu offensichtlich. Wir hatten gefeiert und überall waren noch die Reste, von vollen Aschenbechern bis zu mehreren Flaschen Wein.

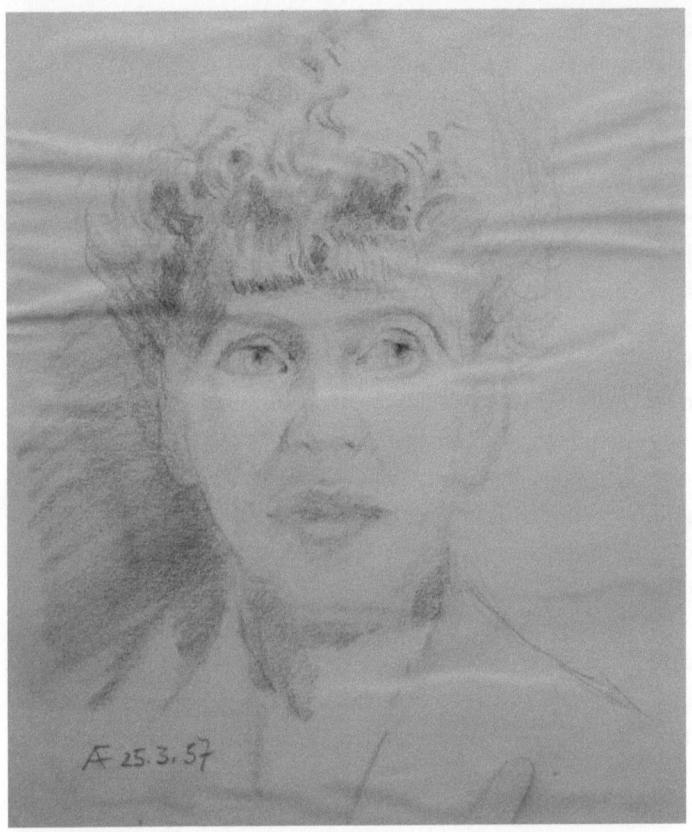

Ich sagte Lars, dass ich in 10 Minuten runter kommen würde und dann könnten wir etwas trinken gehen. Wir gingen ins Goldene Roß, ich würde bei der Gelegenheit noch ein Auge auf die Tageskarte werfen. Da saßen wir also, ich bestellte 2 Bier. Lars war groß gewachsen und sah sehr sportlich aus. Er hatte im letzten Jahr Abitur gemacht und studierte in Braunschweig Chemie. Als weißer Jahrgang musste er nicht zur Armee.

Nie und nimmer hatte ich mir Gedanken gemacht, was aus dem Jungen geworden sein könnte. Ich wusste, dass er keine Erinnerung an mich haben konnte und dabei hätte ich es auch gern belassen. Es war besser, wenn er nichts erfahren würde.

Irgendwann fragte ich ihn scheinbar unverfänglich, wie er meine Adresse herausbekommen hätte. „Die hat mir Onkel Martin gegeben, er meinte, falls ich dich mal besuchen will.

„Onkel Martin?"

Von Onkel Martin hatte ich noch nie etwas gehört, aber mir schwante Böses. Lars brachte mich auf den neuesten Stand. „Ja, Onkel Martin ist ja eigentlich gar kein richtiger Onkel, eher ein Cousin von Mama. Er hat sich sehr um uns gekümmert in der schweren Zeit und er gibt mir auch das Geld für die Uni."

Er brauchte nicht weiter zu reden. Mir schwante, wer Onkel Martin war. Jetzt würde das Ganze also noch einmal von vorne beginnen. Ich musste schon einiges an schauspielerischem Können auspacken, um meinen Schrecken zu überspielen. Der Schatten der Gestapo war lang.

Und so fachsimpelten wir über Kunst und Musik und nach dem zweiten Bier schaute ich auf die Uhr und schob noch einen dringenden Termin vor. Wir verabschiedeten uns und ich gab ihm fünfzig Mark. Lars trollte sich in Richtung Bahnhof. Ich war wie versteinert. Der Gestapomann hatte mich jahrelang wie eine Marionette nach seiner Pfeife spielen lassen und hatte mich sogar in seiner eigenen Sippschaft verkuppelt, um mich unter Kontrolle zu halten. Was mich am meisten schockte, war, dass er offensichtlich den Krieg überlebt hatte. Und dass er mich wieder im Fadenkreuz hatte. Ich hatte gedacht, dass es das mit meiner Rheinüberquerung in Kehl gewesen sei und dass ich neu anfangen könnte. Und jetzt kam die ganze kalte Grütze wieder hoch, überbracht von meinem Sohn, den ich nie im Leben wiedererkannt hätte.

Lars und ich hatten uns danach ein paar Jahre nicht mehr gesehen. Lars erzählte mir Jahre später bei unserem nächsten Treffen, dass Martin nachts mit dem Auto an einen Brückenpfeiler auf der A2 geknallt war. Bei dem Aufprall hatte er einen Genickbruch erlitten und war auf der Stelle tot.

Besonders überraschend war diese Information für mich zwar nicht. Ich freute mich. Nicht über das Schicksal von „Onkel Martin", an dem war ich ja nicht ganz unbeteiligt.

Ich freute mich eher darüber, dass Lars nicht den geringsten Verdacht hatte. Meine Genugtuung war grenzenlos.

Eines wusste ich nach der ganzen Zeit in Algerien und Indochina: So ein Arschloch wie dieser vermeintliche Martin würde sich nicht noch einmal in mein Leben einmischen. Ich hatte für alles bezahlt und das Fass machte keiner mehr auf.

Mit Lars hatte ich danach einen eher lockeren Kontakt. Wir trafen uns so etwa einmal im Jahr. Er hatte sein Studium geschmissen und war auf Sozialpädagogik umgesattelt. Damit ist er dann Lehrer am Gymnasium in Marburg geworden.

Ich konnte ihn nicht in meinem Leben gebrauchen.

Bei unserem ersten Treffen hatte ich ihn mit meiner Leica fotografiert. Später habe ich dann ein Ölbild im Stile Kokoschkas von ihm gemalt. Auf dem Bild habe ich ihn als 15 jährigen dargestellt und fand das Bild als ein echtes kleines Meisterwerk. In der Phase fertigte ich dann im selben Stil ein Bild von mir selbst an und von meiner Mutter. Und Giselle porträtierte ich auch.

Ich nannte die Reihe "Familienbande" und was mich damit geritten hat, weiß ich bis heute nicht. Lars war stinksauer, als er die Bilder bei einem späteren Besuch sah. Dann halt eben nicht.

Die Episode mit Magdalena hätte ich mir besser erspart. Aber sie machte mich einfach nur scharf, wie sie da auf einmal in dem Laden in Volterra auftauchte. Was für ein Bild von einer Frau.

Von Gisela hatte ich mich Monate zuvor getrennt. Obwohl sie schon über vierzig war, träumte sie noch immer von einer Familie mit einem eigenen Kind und deutete eines Tages an, dass sich da etwas bei ihr tat. Ich machte ihr sofort klar, dass das für mich so gar nicht in Frage kam und dass ich mich auf der Stelle von ihr trennen würde. Sie heulte und heulte, aber ich hatte nicht die geringste Absicht, so eine Traude-Geschichte noch einmal zu ertragen. Das kam überhaupt nicht in Frage. Ich machte ihr klar, dass sie sich zum Teufel scheren sollte.

Kurioserweise heiratete sie kurz danach einen dummgesichtigen Versorger aus dem Schwarzwald, dem sie irgendwie weismachte, der dicke Bauch sei von ihm. Ich hatte nichts dagegen und wechselte besser für eine Weile nach Italien.

Da stand also Magdalena in dem Geschäft und versprühte die Aura einer Königin. Es war nicht wie bei Alba, aber dieser stolze Habitus zog mich völlig in ihren Bann. Ich konnte nicht mehr von ihr lassen. Und ich folgte der Königin.

Aber Magdalena war anders als die Frauen, mit denen ich mich sonst umgab. Sie hatte ihren eigenen Kopf. Selbstverwirklichung war ihr Credo. Gottseidank wollte sie keine Familie gründen. Später erzählte sie mir, dass sie keine Kinder bekommen könnte und das war in meinem Alter auch nicht mehr opportun. Bloß das nicht.

Ich gab den Grandseigneur und Magdalena fuhr voll darauf ab. Ich folgte ihr nach Göttingen und ließ mich bei ihr nieder. Mit den Jahren musste auch ich zur Kenntnis nehmen dass ich nicht jünger werden würde und hier hatte ich das gemachte Nest gefunden.

In den ersten Jahren hatten wir noch viel Zeit im Bett verbracht und sie fickte mich um den Verstand. Allmählich wurde das seltener und hörte schließlich ganz auf, als sie sich in diesen Schwulen aus ihrer Kooperative verknallt hatte. Ich würde das irgendwann beenden müssen. Aber dann kam ja alles ganz anders.

Magdalena hatte sich in den Kopf gesetzt, einen künstlerischen Empfang zu meinem siebzigsten Geburtstag auszurichten, um damit einen Neuanfang zu machen. Mal wieder, der zweiundzwölftigste Neuanfang. Ich hatte nicht die Kraft, mich dagegen zu wehren. Also spielte ich mit. Lars war mit Ulla und den Kleinen erschienen. Heile Familie also, jetzt fing Magdalena damit also auch wieder an.

Kurz vorher war mir schon der Schreck in die Glieder gefahren. Eines Tages tauchten am Zaum drei Asiatinnen aus dem Lager auf.

Irgendwie kamen sie mir alle bekannt vor. Ich konnte es aber erst nicht zuordnen. Die jüngere hatte ich in Friedland für mein Bild „Flüchtlinge" porträtiert.

Die ganze Welt wollte ständig solche Bilder sehen. „Sozialkritik" stand ganz oben auf der Agenda dieser sozialliberalen Trottel. Aber Magdalena fuhr auch voll darauf ab und am Ende lebte ich ganz gut in diesem Gemenge.

Die drei verschwanden wieder, wie sie gekommen waren. Ich war beruhigt. Wahrscheinlich verließen mich im Alter die Nerven, dass ich mich von Gespenstern am Zaun aus der Ruhe bringen ließ.

Als der Empfang im Gange war, standen die drei auf einmal wieder am Zaun. Ich musste schon alle Register meiner Schauspielkunst ziehen, um meine innere Panik zu überspielen.

Inzwischen zerplatzte meine naive Idee, dass die Vergangenheit vorbei sei. Nein, diese Gespenster kamen immer wieder zurück, ich ziehe sie an, wie ein Milcheis die Wespen.

Mir war klar, dass ich wieder, wie so oft in meinem Leben, die Situation ändern musste. Da kam mir die Schnapsidee von Magdalena, eine Reise nach Italien zu unternehmen, gerade recht. Ich hätte ein paar Tage Zeit gewonnen, die Sache zu überdenken. Schließlich war ich auch nicht mehr der Jüngste.

Ich grübelte. Magdalena nervte ungemein mit ihren ständigen Anwürfen. Sie hatte ja keine Ahnung, in welcher Situation sie sich befand. So gingen fast 2 Wochen ins Land. Giovanni war gestorben. Er war mehrere Jahre älter als ich und sein Tod hinterließ in mir nur ein großes schwarzes Loch.

Dann fasste ich einen Plan, den ich aber noch etwas reifen lassen wollte. Das machte mir allerdings Magdalena zunichte, die sich nachts, als ich unschuldig schlief, an meine Aufzeichnungen rangemacht hatte.

Wie konnte mir so ein Fehler unterlaufen. Ich musste jetzt zügig handeln.

Mit Magdalena war ich schnell fertig. Den Genickbruch mit der Handkante war eine der Übungen, die wir in Paris im Kampftraining gelernt hatten. Die Leiche warf ich in der Nacht an den Strand, damit sie schnell gefunden wurde.

Am nächsten Morgen hatte ich schon mit den Carabinieri gerechnet. Sie sahen einen völlig erschütterten Greis, der kein Wort italienisch konnte. Meine körperliche Gebrechlichkeit war offensichtlich, ich musste mich sogar von ihnen stützen lassen, um auf die Toilette zu gehen. Schließlich übergraben sie mir ein Formular, einen Totenschein, auf dem vermerkt war, dass Magdalena bei einem nächtlichen Badeunfall verstorben sei. Dann ließen sie mich allein.

In einem Schreiben an Minister Bruhns schilderte ich die Vorgänge und kündigte an, in Italien bleiben zu wollen. „Die tiefe Trauer, die mich ergriffen hat",..., bla bla. Das würde Bruhns dazu bewegen, dass sie nicht weiter nach mir suchten. Aber Bruhns war wahrscheinlich insgeheim froh, mich los zu sein. Ich bekam in einem Antwortschreiben sogar noch 1000 Mark von ihm hinterhergeworfen.

Niedersächsisches Ministerium für Landwirtschaft
Calenberger Straße 2
D - 3000 Hannover

An Herrn
Thor von Annen
z.Zt. Villa San Figlio di Giovanni
Viale San Giovanni, 2
NU 8020 La Caletta
Italien

Hannover, am 17.Oktober 1979

Sehr geehrter Herr von Annen,

mit großem Bedauern haben wir von dem schrecklichen Badeunfall Ihrer Frau Magdalena erfahren. Wir – das kann ich Ihnen im Namen der gesamten Landesregierung von Niedersachsen versichern – sind tief bestürzt über den Vorfall. Magdalena von Annen war eine äußerst begabte Künstlerin aus unserer Region und ist mit 51 Jahren viel zu früh von uns gegangen.
In Ihrer Trauer sind wir bei Ihnen.
Wir respektieren natürlich Ihren Wunsch, Ihren Lebensabend ab jetzt in Italien zu verbringen, wo Sie auch Ihre verstorbene Frau beigesetzt haben.
Da wir zusammen mit der Hennes Filsinger-Stiftung sozusagen den Anlass für die Reise gegeben haben, auf der Ihre Gattin so tragisch verstorben ist, möchten wir uns unserer Verantwortung stellen. Sehen Sie den beiliegenden Scheck in Höhe von einmalig 1.000 DM* als ein Zeichen unserer Anteilnahme.
*handschriftlicher Vermerk: Eingelöst Banca Italia, Olbia, 16.10.1979
Selbstverständlich übernehmen wir auch die Kosten der Beisetzung in Italien.

In tiefer Trauer
Gez. Bruhns

Ich gab in der Ferienwohnung noch 2 weitere Wochen das Schauspiel vom senilen Greis. Dann ließ ich mich von Romano nach Olbia fahren. Nachdem ich den Scheck von Bruhns eingelöst hatte, nahm ich die Fähre nach Civitavecchia.

Dort ließ ich mit einem Taxi zur deutschen Botschaft nach Rom fahren, um Magdalenas Erbe auszuschlagen. Am Ende würden die noch nach mir suchen und das war das letzte, was ich noch gebrauchen konnte.

Anschließend reiste ich nach Florenz und suchte Giovannis Witwe auf.

Ich erinnerte Sie an den Schweigepakt zwischen Giovanni und mir.

Jetzt war Giovanni tot und ich war daran nicht mehr gebunden. Sie verstand mein Anliegen erstaunlich schnell, ohne dass ich da noch hätte nachhelfen müssen. Auf gar keinen Fall wollte sie, dass irgendein Fleck auf der hellweißen Weste des verstorbenen Gatten erschien. Und so rief sie direkt bei der Bank an und im Laufe des nächsten Tages konnte ich einen Reisekoffer voll mit Lira übernehmen. Das sollte für meine weiteren Pläne reichen.

Ich fuhr zurück nach Rom. Erst hatte ich erwogen, doch noch nach Brasilien zu gehen und einen letzten Versuch zu starten, nach Alba zu suchen. Aber angesichts der völligen Aussichtslosigkeit dieses Unterfangens und weil mir auch die Kraft für einen erneuten Neuanfang fehlten, setzte ich auf das, was ich schon kannte.

Leider musste ich in Rom fast drei Tage auf die Weiterreise warten, weil die französische Botschaft ewig brauchte, um Roger Luc einen neuen Pass auszustellen.

Damit hatte ich Zeit, diese meine Lebensbeichte endgültig zu Ende zu bringen.

Möge ich diese Hefte nie wieder öffnen müssen.

Kapitel 3

Nachspiel

Klaus Meyer-Bertram hatte nach dem Ableben von Magdalena von Annen einen Nachruf im Göttinger Tageblatt veröffentlicht, in dem er sich noch einmal ausführlich mit ihrem Werk, aber auch mit ihrer Verbindung mit Thor auseinandersetzte. Es war ein Artikel voller Hochachtung und dem Hinweis, dass es nicht oft vorkommt, dass solch hochkarätige Künstler ihre südniedersächsische Provinz der großen weiten Welt, mit München, Barcelona oder Paris vorzogen.

Und doch blieb bei ihm ein unterschwelliger Zweifel. Anfangs etwas lustlos recherchierte er im früheren Umfeld der beiden. Das Künstlerhaus mit der Galerie war zurück an die Familie Jensen gefallen. Magdalena hatte es allein auf Erbpachtbasis von den Jensens für 99 Jahre gepachtet. Thor und sein Sohn hatten beide das Erbe ausgeschlagen, Thor hatte die Erbausschlagung in der deutschen Botschaft in Rom vorgenommen. Danach war er buchstäblich vom Erdboden verschwunden. Allein das war merkwürdig. Der plötzliche Tod seiner jungen Frau war für den alten Mann sicherlich ein schwerer Schlag. Aber was konnten seine Beweggründe gewesen sein, deshalb gleich das Land zu verlassen und gänzlich von der Bildfläche zu verschwinden?

Erst wollte er es dabei belassen, man sollte den alten Mann in Ruhe lassen. Er würde schon seine Gründe haben. Trotzdem ging ihm die ganze Sache nicht aus dem Kopf.

Anfang der 80er Jahre nahm er die Recherchen dann doch wieder auf. Und zunehmend hatte er das Gefühl, dass die Geschichte Potential hatte..

Zunächst suchte er erneut das Gasthaus Jensen auf. Frau Jensen gab ihm gerne Auskunft, schließlich war sie damals sehr betroffen vom Tode Magdalenas, die immerhin ihre Cousine zweiten Grades war. Über das Verschwinden von Thor war sie nicht wirklich unglücklich gewesen. Er war ein arroganter, alter Schnösel, der sich eigentlich nie im Dorf blicken ließ und es nicht für nötig hielt, sich bei den seltenen Begegnungen ein Wort des Grußes abzuringen. Im Grunde war sie froh, dass er nach dem Tod von Magdalena nicht im Haus geblieben war. So konnten sie den Erbpachtvertrag rückabwickeln und ihr Sohn konnte mit seiner Familie dort einziehen. Viele Sachen aus dem Haus hatte sich Renate, die jüngere Cousine von Magdalena, abgeholt. Den Rest hatten sie auf den Speicher gestellt und mehr oder weniger vergessen.

Klaus Meyer-Bertram durfte sich die Sachen ansehen. Sie schenkte ihm auch viele übrig gebliebene Bilder und einige Bronzeplastiken aus dem Nachlass von Magdalena. Es waren einfach zu viele Sachen.

Einige Stücke hatten sie in ihrem Gasthaus als Dekoration untergebracht, aber es war bei der Masse unmöglich, alles zu integrieren. Es passte auch nicht alles zu dem übrigen Ambiente, schließlich betrieben sie ein Landgasthaus in der Provinz und nicht eine Galerie in Düsseldorf. Meyer-Bertram war sehr freundlich und freute sich offensichtlich über die Dinge, die sie ihm überlassen hatte. In einer der nächsten Wochenendausgaben widmete er ihrem Gasthof im Lokalteil eine ganze Seite, was Frau Jensen in der Folgezeit auch erfreute, weil die Anzahl der Gäste, die von Göttingen aus einen Wochenendausflug ins Grüne mit einer ausgiebigen Mahlzeit bei „Mutter Jensen" machten, nach dem Artikel deutlich angestiegen war.

Meyer-Bertram sah auch erneut die Fotos durch, die er damals auf dem Empfang geschossen hatte. Er erinnerte sich an die junge Familie, den Sohn von Thor. Sie waren ihm damals nicht weiter aufgefallen, schließlich waren sie vollauf, damit beschäftigt, sich um ihre Kinder zu kümmern, die auf dem Fest herumrannten und irgendwas umschmissen. Und dann hatten sie das Fest auch früh verlassen, weil sie noch einen weiten Weg nach Hause hatten.

Es kostete Meyer-Bertram einige Zeit, den Sohn ausfindig zu machen. Eher zufällig entdeckte er zwischen den Bildern eine nicht abgeschickte Postkarte aus Florenz, auf der die Adresse in Marburg stand. Ihn irritierte der abweichende Familienname des Sohnes. War Lars unehelich?

Schließlich fuhr Meyer-Bertram nach Marburg und klingelte an der Adresse von der Postkarte. Lars war nicht zu Hause und seine Frau versprach, dass er sich wegen des Interviews bei Meyer-Bertram melden würde. Meyer-Bertram hatte sich schon morgens ein Hotelzimmer genommen, weil er nicht an einem Tag hin- und zurückfahren wollte. Abends kam dann ein Anruf über das Zimmertelefon. Am Apparat meldete sich Lars Sennemann. Er teilte Meyer-Bertram knapp mit, dass er kein Interesse an einem Interview hätte. Für ihn sei die Sache erledigt, er wisse nicht, wo sein Vater abgeblieben sei. Und er wolle es auch gar nicht wissen. Der solle bleiben, wo der Pfeffer wächst. Und er möchte zu dem Thema auch nicht mehr angesprochen werden.

Meyer-Bertram war einigermaßen frustriert. Er genehmigte sich noch 2 frische Pils an der Hotelbar und ging ins Bett. Am nächsten Morgen erreichte ihn beim Frühstück ein Anruf von Ulla Sennemann. Sie hatte an der Rezeption angerufen und entschuldigte sich sofort für das Verhalten ihres Mannes. Dabei gab es aus der Sicht von Meyer-Bertram eigentlich gar nichts zu entschuldigen. Sennemann hatte seinen Standpunkt klar gemacht und das war sein gutes Recht. Das hatte er ihm gestern Abend am Telefon zwar nachdrücklich, aber durchaus freundlich, mitgeteilt. Er lud Ulla Sennemann zu einem zweiten Frühstück um 11 Uhr ins Hotel ein.

Sie erschien pünktlich auf die Minute und bestellte einen Milchkaffee. Dann plauderte sie über ihren Mann und das schwierige Verhältnis zu seinem Vater. Der hatte die Familie bereits verlassen, als Lars noch ein Baby war. Irgendwann Anfang der 60er Jahre hatte ein Onkel Lars anvertraut, dass er wüsste, dass Lars` Vater in Freiburg lebte. Sie kannte Lars damals noch nicht, sie hatten sich erst später im weiteren Freundeskreis kennengelernt. Der Onkel hatte Lars die Adresse gegeben und der hatte sich in den Semesterferien auf den Weg gemacht, um seinen Vater dort aufzusuchen. Die erste Begegnung war wohl recht kühl ausgefallen und hatte so gar nicht das gebracht, was sich Lars erträumt hatte. Aber was hatte er erwartet? Da waren wohl die Wunschträume des verlassenen Sohnes unsanft in der Realität gelandet. Während der Sohn wohl noch kindlich naiv gehofft hatte, doch noch spät einen Vater zu bekommen, war der abweisend und kalt und ließ ihn wohl nach 2 Bieren in einer Kneipe einfach stehen.

Auch in der Folgezeit sahen die beiden sich nicht allzu oft, woran auch die Geburt der eigenen Kinder nichts änderte. Der Alte hatte für Kinder nichts übrig und wenn nicht Magdalena immer wieder den Faden aufgenommen hätte, dann würden die Kinder sich wohl gar nicht an ihren Großvater erinnern.

Ulla Sennemann berichtete ihm noch, dass sie sich das Verschwinden ihres Schwiegervaters auch nicht erklären konnten.

Kurioserweise wurde Lars von Minister Bruhns angerufen, der ihm zum Tode von Magdalena kondolieren wollte. Von Bruhns wussten sie auch, dass sein Vater in Italien bleiben wolle. Danach haben sie nie wieder etwas von Lars' Vater gehört und Lars hatte auch „überhaupt keinen Bock", daran etwas zu ändern oder gar nach ihm zu suchen.

Lars wurde einige Wochen später als Magdalenas Ersatzerbe für seinen Vater informiert. Aber auch er hat das Erbe ausgeschlagen.

Das hatte zu einem heftigen Streit mit Ulla geführt. Sie fand, dass man mit dem Erbe doch noch einiges hätte anfangen können. So dolle wäre die finanzielle Situation der Familie schließlich auch nicht, aber Lars bleib bei seinem Prinzip, dass er Zeit seines Lebens lieber unter einer Brücke geschlafen hätte, als von diesem Scheiß-Vater auch nur einen Pfennig anzunehmen. Ulla hatte sich nicht durchsetzen können und außerdem hatte er ja vorher schon beim Notar die Erbausschlagung unterschrieben.

Aus der Vergangenheit des Schwiegervaters wusste Ulla Sennemann nicht allzu viel. Er hatte lange in Frankreich gelebt und war dort auch lange in Kriegsgefangenschaft gewesen. Danach war er nach Freiburg gezogen und Lars hatte eigentlich nur dann etwas von ihm gehört, wenn er sich selbst bei seinem Vater gemeldet hatte. Im Grunde wusste Lars nicht, was sein Vater machte. Dann kam plötzlich eine Karte aus Dänemark, dass er und Magdalena geheiratet hätten. Als Absender auf dem Briefumschlag, in dem die Karte steckte, standen „Magdalena und Thor von Annen".

Lars hätte damals kotzen können, bei dem Gedanken, dass der Alte nun auch seinen Namen abgegeben hatte. Für ihn war es ein letzter Tritt gegen sich selbst und seine Mutter. Traude lebte, noch immer mit dem Namen Sennemann, in dem Haus ihrer Eltern und war sehr zurückgezogen.

Magdalena hatte sich immer wieder bemüht, den Kontakt zu Lars erhalten; aber gegen den Unwillen von Thor und Lars war sie auch machtlos. Also schrieb man sich eine Karte zum Geburtstag und einmal im Jahr besuchten Lars und Ulla die beiden in ihrer ländlichen Einöde. Zu ihr (Ulla) war der Alte immer ausgesprochen charmant gewesen. Lars hatte das dann immer barsch beendet; es nervte ihn, dass sein eigener Vater an seiner Frau rumbaggerte.

Meyer-Bertram nahm das soweit auf, aber für eine Story war ihm das Ganze dann doch zu dünn. Das hörte sich nach ganz normalen Familienstreitigkeiten an, abgesehen von dem plötzlichen Tod Magdalenas und des Verschwindens von Thor von Annen. Wahrscheinlich saß er irgendwo in Italien und ließ es sich gut gehen. Zu seinem missmutigen Sohn hatte er anscheinend sowieso keinen Draht und warum sollte er da etwas am Laufen halten, was offensichtlich keinen Sinn hatte. Er wäre nicht der erste Vater, der den Kontakt zur Sippschaft abgebrochen hätte. Aber das war zu alltäglich für eine Story. Soweit so klar.

Parallel arbeitete Meyer-Bertram an einer Reportage über den weiteren Verbleib der Boat People, die in der zweiten Hälfte der Siebziger mit großem Getöse in Friedland aufgenommen wurden. Er hatte in der Zeit mehrere Artikel über die Vietnamesen publiziert aber meistens war er an Sprachbarrieren gescheitert. Die Vietnamesen waren auch extrem misstrauisch; zu viel hatten sie erleiden müssen, als dass sie jetzt einem deutschen Reporter Rede und Antwort gestanden hätten. Außerdem waren der der BND und der MAD noch an ihnen dran, wohl um zu wissen, wen man sich da so ins Land holte. Das machte die Asiaten auch nicht gerade gesprächiger gegenüber einem Journalisten.

Die Heimleitung gab ihm nach einigem Hin und her die Adressen von ein paar ehemaligen Boat People. Meyer-Bertram suchte einige von ihnen auf und bekam rührige Geschichten von der gelungenen Integration in Deutschland zu hören. Die Vietnamesen waren bienenfleißig und hatten einen großen Ehrgeiz, dass ihre Kinder in der Schule zu den Besten gehörten. Mit harter Arbeit hatten sie sich in den Mittelstand hochgearbeitet, teilweise schon mit eigenem Auto und Häuschen im Grünen.

Ein Name auf den Adressen hatte ihn stutzig gemacht, er passte so gar nicht ins Bild. *„Anne Pluvier"* hörte sich eher französisch an, denn vietnamesisch.

Am Telefon konnte er sich kaum mit Frau Pluvier unterhalten. Sie verstand zu wenig deutsch, als dass er sein Anliegen hätte begreiflich machen können. Schließlich fuhr er zu ihrer Adresse und klingelte. Eine kleine Vietnamesin in den fünfziger Lebensjahren öffnete ihm die Tür. Sie bat ihn freundlich herein und bot ihm eine Tasse Jasmintee an. Ein Gespräch kam nicht in Gang, dazu sprach sie zu schlecht deutsch und Meyer-Bertram konnte kein Wort französisch. Schließlich bat er sie, ihre Geschichte auf französisch zu erzählen. Er würde das Gespräch mit seinem Kassettenrekorder aufzeichnen und sich später übersetzen lassen. Sie war einverstanden und so stellte er das Gerät auf den Tisch und ließ sie erzählen:

„Ich weiß nicht, wann und wo ich geboren wurde. Ich weiß nicht ob mein Name „Anne Pluvier" mein eigentlicher Name ist. Ich weiß nicht, ob ich Französin bin oder Vietnamesin. Das alles habe ich erst verstanden, als sie mich aus dem Kinderheim zerrten, in das sie mich nach der Ermordung meiner Eltern eingesperrt hatten.

Als meine Schwangerschaft nicht mehr zu übersehen war, fuhren sie mich in eine französische Hafenstadt und zwangen mich auf ein Schiff. Nach einigen Wochen ging ich in Saigon von Bord. Von Indochina hatte ich bis dahin noch nie etwas gehört. Die Sprache kannte ich nicht und ich habe sie auch nie richtig gelernt. Vietnam habe ich nie kennengelernt, nur die Bordelle der Japaner und später die Fabrik. Dort musste ich viele Jahre lang Uniformen nähen und Zelte für das Militär. Die Jahre waren furchtbar. Ich hatte nur meine Arbeit. Wir litten unter der immerwährenden Hitze in der Halle mit den Nähmaschinen.

Ich habe es geschafft, dort meine Tochter zur Welt zu bringen. Ich gab ihr den Namen Lucienne, nach ihrem Vater Roger Luc.

Nach der Geburt war ich zu Tode über ihre helle Haut und ihre hellen Augen erschrocken. Ich trug sie immer bei mir. Irgendwann haben sie mich in die Fabrik gesperrt, in der ich viele Jahre von morgens bis abends nähen musste. Auch da war Lucienne immer bei mir. Ich habe nach Lucienne kein Kind mehr bekommen können.

Als Lucienne 12 Jahre alt war, haben sie sie mir weggenommen. Erst 5 Jahre später habe ich sie wiedergesehen. Lucienne war groß geworden, viel größer als wir alle. Sie wurde damals verschleppt und in die Bordelle von Bangkok und später nach Malaya verkauft. Bei unserem Wiedersehen hatte sie auch schon eine kleine Tochter. Die Kleine war noch heller als sie selbst. Sie hatte *ihr meinen Namen, <u>Anne</u>, gegeben. Anne war immer krank und wir hatten immer große Sorgen, ob sie überlebt. Sie zog mit Anne zurück nach Saigon. Wir hatten eine schwere Zeit, die ständigen Kämpfe in der Nacht machten uns das Leben zur Hölle. Später, als die Amerikaner abgezogen waren, wurde unsere Lage noch unerträglicher. Da wir nur französisch miteinander sprachen, waren wir für die neuen Machthaber französische Kollaborateure und somit auch Kollaborateure der Amerikaner. Lucienne und ich wurden mehrfach zu Verhören vorgeladen, bei denen wir geschlagen wurden. Es war absehbar, dass wir über kurz oder lang in einem der Lager der Nordvietnamesen verschwinden würden.*

Lucienne und ich fassten den Entschluss, Vietnam zu verlassen, um unser Leben zu retten. Ich nahm das Geld, das ich in den Jahren mit dem Nähen verdient hatte und wir kauften eine Schiffspassage, die uns nach Thailand bringen sollte.

Doch wir wurden in keinem Hafen an Land gelassen. Nach 4 Wochen auf dem Meer wurden wir von einem anderen, größeren Schiff aufgenommen. Ab da mussten wir nicht mehr hungern. Sie flogen uns nach Deutschland, wo wir mit Bussen in ein Aufnahmelager gebracht wurden.

Nach einigen Wochen im Lager zeigte mir Anne stolz ein Zeitungsfoto. Es zeigte einen älteren Mann, der den Arm um ihre Schultern gelegt hatte. Der Mann hatte ein großes Bild gemalt, das Anne und andere jüngere Mädchen zeigte, wie sie aus einem Flüchtlingslager fortlaufen. Angst war in den Gesichtern der Mädchen zu sehen. Ich wusste, dass Anne bei dem Kunstprojekt im Aufnahmelager mitmachte. Eine Schule in Friedland hatte das organisiert. Lucienne und ich haben an dem Tag in der Küche gearbeitet. Das Foto änderte alles für uns. Bei dem Anblick stieg eisige Kälte in mir auf. Ich hatte Roger Luc sofort erkannt. Ich nahm Anne das Bild weg und zeigte es Lucienne. Lucienne wurde kalkweiß und musste sich übergeben.

Das Grauen hat uns nicht mehr verlassen. Lucienne war völlig verstört. Sie hatte in dem Mann einen Freier aus Malaya wiedererkannt. Ich fragte sie nach Anne. Sie nickte. So viel Leid. Würden wir das wohl jemals ertragen können?

Im Heim sagten sie uns, wo wir den Mann finden könnten. Wir sind öfters den weiten Weg zu seinem Haus gelaufen und wussten dann nicht weiter, was wir machen sollten. Lucienne wollte ihn töten, aber das konnte ich nicht zulassen. Jetzt waren wir gerade hier angekommen und ich wollte um nichts

in der Welt mehr mit Polizei und Militär zu tun haben. Einmal gingen wir
wieder hin und sahen ihn auf einem Fest, wie er sich mit anderen Deutschen
amüsierte. Mir kam die Galle hoch, aber ich hatte nicht die Kraft,
hinzugehen und ihn zur Rede zu stellen.

Einmal kam seine Frau zum Gartenzaun und wollte uns Geld geben. Ich
sagte „Roger Luc". Sie sah mich verständnislos an und schüttelte den Kopf.
Schließlich gab sie uns zu verstehen, dass wir verschwinden sollten.

Wir sind noch einige Male zu dem Haus gegangen, aber es war verlassen.
Dann sind wir nicht mehr hingegangen.

1979 haben die Deutschen uns grüne Pässe gegeben, in denen vorne mit
einem riesigen Stempel „ASYL" eingestempelt war. Im Juni 1980 bekamen
wir dann neue grüne Pässe ohne den Asyldruck.

Lucienne ist am Tag danach weggegangen. Sie hat nachts unser Haus
verlassen und Anne und ich haben sie nicht mehr wieder gesehen. Andere,
die ich aus dem Lager kannte, sagten mir Jahre später, dass sie in Thailand
lebt.

Anne hat 1981 einen Deutschen geheiratet. Er ist Elektromeister in einer
kleinen Stadt in der Nähe von Minden. Sie wohnt mit ihrem Mann bei
seinen Eltern auf dem Firmengelände. Ich selbst habe eine kleine Wohnung
in der Nachbarschaft gemietet. Im Jahr darauf hat sie Zwillinge zur Welt
gebracht. Die beiden Jungen sind gesund.

Und blond. Wie ihr Vater.

Das ist meine Geschichte.

Meyer-Bertram ließ sich die Aufnahme in der Redaktion übersetzen.
Jetzt hatte er Lunte gerochen und sein journalistischer Jagdinstinkt
war erweckt.

 Was hatte von Annen, oder sollte er Sennemann sagen, oder Luc,
was hatte der Mann in Frankreich gemacht? Er erinnerte sich an die
Worte von der Schwiegertochter, nach denen er mindestens 10 Jahre
in französischer Kriegsgefangenschaft verbracht hatte. Das fiel ihm
jetzt erst auf, er hatte noch nie davon gehört, dass einer so lange bei
den Franzosen geblieben war. Russland ja, aber Frankreich?

Und wo war die Tochter der Vietnamesin geblieben? Warum war sie verschwunden? Und hatte das einen Zusammenhang mit von Annen?

Warum nannte sie ihn „Roger Luc"?

Fragen über Fragen kamen hinzu. Eine Nachfrage bei der Polizei zum Verschwinden der Tochter ergab Erstaunliches. Lucienne Pluvier ist nach ihrem Verschwinden nicht mehr aufgetaucht. Sie wurde wegen eines Mordes von der thailändischen Polizei mit einem internationalen Haftbefehl gesucht.

Meyer-Bertram suchte Madame Pluvier erneut auf, diesmal mit dem Kollegen aus der Redaktion im Schlepptau, der auch die Aufnahme übersetzt hatte.

Er fragte Mme. Pluvier, ob sie wüsste, dass ihre Tochter mit Haftbefehl gesucht würde. Sie nickte und erzählte, dass auch die Polizei schon danach gefragt hätte. Auf Fragen, ob sie wisse, wo sich ihre Tochter aufhält und was sie machte, schwieg sie. Also ließ Meyer-Bertram die Fragen durch seinen Kollegen wiederholen.

Sie sagte zwinkernd, dass ihr der Aufenthaltsort ihrer Tochter unbekannt sei. Sie wäre aber sicher, dass Lucienne ihren Weg gegangen wäre und weiter gehen würde. Sie hätte getan, was getan werden musste.

„Ich weiß, dass es ihr gut geht."

Als Meyer-Bertram sie um nähere Informationen bat, sagte sie nur noch: „Die Geschichte ist hier zu Ende. Bitte gehen Sie jetzt".

Meyer-Bertram recherchierte weiter.

Einen Städteurlaub mit seiner Tochter nutzte er dazu, die Nationalbibliothek in Paris aufzusuchen. Hier wurden ihm handschriftliche Aufzeichnungen von Roger Luc zur Ansicht überlassen und ein Bulletinauszug der französischen Botschaft in Bangkok.

Mayer-Bertram war erschrocken und beschämt über das, was er hier im Lesesaal in zusammengehefteten Papieren las.

Danach begann er zu schreiben.

Auszug aus einem Bulletin der französischen Botschaft in Bangkok, 02. September 1984:

Es wird die Ermordung des französischen Staatsbürgers *Roger Luc*, 75, bestätigt. Luc wurde in einem Bordell in Bangkok mit unzähligen Messerstichen regelrecht hingerichtet. Es handelt sich nach Angaben der thailändischen Polizei um einen Raubmord, da der Tote bei seiner Ermordung eine größere Menge italienischen Bargelds bei sich hatte.

Als mutmaßliche Täterin ist eine Asiatin mit deutscher Staatsangehörigkeit, *Lucienne P.*, zur internationalen Fahndung ausgeschrieben.

Da keine Angehörigen ermittelt werden konnten, wurden seine sterblichen Überreste vor Ort eingeäschert und anonym beigesetzt. Handschriftliche Aufzeichnungen des Toten in deutscher Sprache wurden an das Nationalarchiv in Paris übergeben.